こといづ

高木正勝

はじめに

2012年春から2018年夏まで、6年間、月刊誌『ソトコト』に掲載された77篇のエッセイを極力こぼさずに一冊にまとめたものが本書になります。

こうしてまとまった本を読み返してみると、大掃除の時に開いてしまった昔のアルバムのようで、ああいうこともあった、こういうこともあったと懐かしくなりました。今ではまた違うように変わっていった心や、もうおらへんくなってしまったあの人や風景もあって、せつなく。時間は次へ次へと進んでいくのはわかっているのですが、とどめておけないものですから、せめて文字や色や音となって残しておきたいと思っていましたが、はからずも、こうしてこの本があって一番喜んでいるのは僕でした。

6年の間にいろいろありましたが、やはり山間《やまあい》の小さな村に引っ越ししたのがなによりの転機だったと思います。目まぐるしく生きる自然や心豊かな人たちに囲まれて、僕の頭の中も、自分の何かを表に出したいというよりも、やってくるものをきちんと受け止めたいというふうに変わっていったと思います。

この本にもよく出てくる86歳のハマちゃんがよく言います。「あるんだから」。そう、あるんだから。ついつい、あれがあったらなあ、ここがこういう場所だったらなあと、ない物ねだりをしてしまいますが、目の前にいっぱいある、あふれるようにあるものごとにこそ気づいて、一緒に楽しく心安く暮らしていけるだけで、だいたいいつも幸せでいられるのだなと知りました。

毎日、暮らしてきたんですもの、何もないことはなく、見て聞いて触れて感じて。今は、こうして文章を書きながら、横で白猫が「うにゃあうにゃあ」と何かを訴えかけています。窓の外では、ひぐらしが鳴きはじめて、この不思議な鳴き声を、時にはカナカナカナと表現することもありますが、聞こえるままに書いてみると「おいやかしゃまれかまらにいしなにぃ～」とお経のようにも聞こえます。烏骨鶏《うこっけい》が「おっはぎょ～おぉぉ」と鳴きはじめました。夏の夕暮れは、隙間がないくらい音に包まれます。だからなんだということもないのですが、それだけで幸せだなと思います。

本書の説明をしますと、６つの章に分かれていますが、書いてきた順番どおりに並んでいます。32歳だったあの日から39歳になる手前まで、生まれ育った新興住宅地から山の谷間の小さな村へ、先に進むほど、文体も変わっていきます。特に昔の文章を読むと変なドキドキが付きまといます。やっぱり手直ししたい欲も出てきましたが、その時々の違いが、ありのままがおもしろいのでそのままに。今なら流してしまうことも、当時の自分はまるで違うようにこだわって書いています。忘れていた心が蘇ってきて、どれもこれもそのまま大切にしようと思いました。毎月、その時その場のことを書いてきましたので、どこからでも、読みやすいページから読んでいただければ幸いです。

手に取っていただいてうれしいです。ありがとうございます。

もくじ

絵　たかぎみかを

こといづ

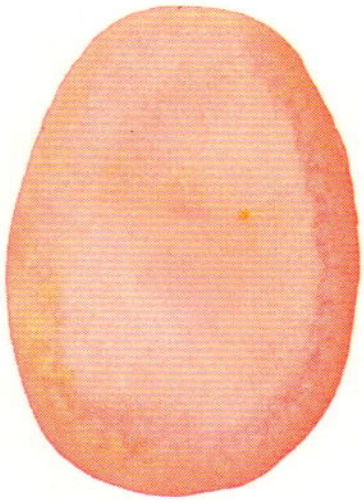

げんてん

せせらと、川で一休みをしていると、小さな沢蟹が石の下からいそいそと。たまらず麦わら帽の幼子は、きゃっきゃっと赤蟹追いかける。

そういえば、このあいだ、北の川に遊びに行ってみれば、川原の石がみんな笑って見えた。ひとつひとつの石が、ひとつひとつおもしろくて、色や形もさまざまに、それぞれが愛おしかった。パレットの上に数えきれない種類の絵の具が並んでいるようで、どの石も当たり前のように美しくて、どれとどれを組み合わせてもあたらしい美しさになった。あれは、歌がうまれる時に似ている。

あたらしいまち

2012年5月

僕は団地育ちだ。今思えば不思議な感覚で、同じ団地にある部屋なら、他人の家でも勝手に出入りしていいものと思い込んでいた。

1階のおばちゃんの家に堂々と上がり込んでなぜか爪を切ってもらったり、子どもの目からはあまりに〝やくざ〟なおじさんたちの煙たい住処に悪びれながらたむろさせてもらったり。そこは、自分の家族も他人も大人も子どもも分かれていない世界だった。団地から一歩外に出ると、ピカピカの道路、芝生に覆われた公園にコンクリートで整備された川が流れ、白く輝くマンションが乱立していた。どこもかしこも、なんだかすべてがきらきらしていて真新しくて。

京都の外れにある、〝洛西ニュータウン〟と呼ばれるそのまちは、幼い子どもの目にも確かに〝あたらしいまち〟として映っていた。〝あたらしいまち〟に住んでいることを、誰かに自慢したい気持ちでいっぱいだった。

◎

幼稚園に入ると、昔からその土地に住んでいる子と仲よくなった。彼の家に遊びに行って驚いた。そこは、昔話に出てくるような異次元空間だった。藁や木で造られた家、水が流れないトイレ。昼なのに家中が薄暗く、お化けがいてもおかしくなかった。団地から歩いて行ける距離なのに、彼の家族が話す言葉も動き方も表情も、何もかもが違っていて怖かった。僕は、彼の家や家族から「強い力」を感じていた。荒々しくて、汚くて、底が見えない力。それは〝あたらしいまち〟では決して味わうことのなかった、恐ろしい「強い力」だった。

小学校に入る頃、ひと山越えた亀岡という田舎町に引っ越した。田舎とはいえ、引っ越した先は、山を削ってあたらしく造られた新興住宅地。生まれたての色とりどりの洋風の家が並ぶ。周りは整備されたばかりの空き地だらけ。原っぱだった場所に、次々とあたらしい家が建ち続けた。

ニュータウンより、さらに〝あたらしいまち〟に僕は感激した。建ったばかりの小学校に通う。みんな「転校生」だった。毎学期のようにあたらしい転校生が増え続ける。あたらしい友達のあたらしい家。開発はどんどん進み、あたらしい地名が生まれる。毎日、何もかもがあたらしくなっていく。古くからのしきたりや決まりごとに煩わされず、自分たちでルールがつくれる気がした。とても居心地のいい、自由な世界だった。

ところが、中学に入るとまた、あの「強い力」を味わうはめになる。別の校区から集まった昔からその土地に住む子どもたちは、躰《からだ》も大きく、ずいぶんと大人に思えた。僕たちが知らないおもしろい言葉や動物的な身のこなし、いきいきとした屈託のない表情。山の上のあたらしい場所から見下ろしていた〝古くからある世界〟は、やはり野性的で力に満ち満ちていた。〝あたらしいまち〟が大好きで〝あたらしいもの〟に囲まれていることに自信と誇りを持っていた僕は、心底萎縮し、なんだか〝あたらしいまち〟を恥ずかしく思うようになっていった。

◎

大人になった今も、この〝あたらしいまち〟に住み続け、同じ家で音楽や映像をつくっている。ここ数年、興味を持ち続けてきた「民族・民俗文化」「日本の音楽」「土着」「昔ながらの暮らし」。これらに対する憧れはなんだったのだろう。ピアノを弾き、西洋画のような映像をつくる。それらを、日本以外の場所で発表した際の居心地の悪さ。伝統的な文化が色濃く残る土地を旅する際に感じる、この自分の、自分が生まれた国の文化を受け継げていない、浮足立った居心地の悪さ。あまりに西洋化された自分に嫌気がさして、もっと自分の国を勉強しようとずいぶん努力した気がする。

ところが、改めて人生を振り返ってみると、そんな難しい話でもなんでもなく、子ども時代に感じた「強い力」が発端のような気がしてならない。「強い力」の謎に迫ろうと、相手が持つ古きを勉強し、なんとか追いつこうとしてきたのかもしれないと最近になってようやく気がついた。

例えば、知らない土地に出向き、そこのお祭りを見学する時、いつも羨ましい気持ちが湧いてくる。自分が生まれ育った〝あたらしいまち〟に古くから残る文化などありようもなく、祭りといえば町内会の盆踊りくらいで、人気テレビアニメがこしらえた〝アニメソング〟で踊った記憶しかない。新参ものばかりの土地に言い伝えや独特の方言があるわけもなく、自分たちが勝手におもしろおかしくこしらえるしかなかった。「ふるさと」という言葉をまっすぐな眼差しで誰かが使う度に、感動とは裏腹に、何かズルをして生きてきたような劣等感を味わった。

2011年の大震災のあと、あらゆる場所から「ふるさと」が舞い込んできた。今まで味わったことがない量の「強い力」が一気に、押し寄せた。「良薬口に苦し」というけれど、あの出来事を境に僕の中でするっと呪縛が解けた。

僕のふるさとは〝あたらしいまち〟。アニメソングで彩られた祭りに郷愁を感じ、山を削り狸も狐も追い出した土地をいとおしく想い、西洋風の同じような家々が立ち並ぶこの景観を大切に想う。今いるここが、足をつけていい土地、自分に力をくれる土地なんだ。そう心から思えると、次々に曲が湧いてきた。どれもこれも、僕のふるさとの唄。僕はニュータウンの子どもだ。

なつかしや、わがともよ

2012年6月

赤ちゃんと向き合う時、僕は赤ちゃんになって赤ちゃんと喋る。「あ〜あ〜」「きゃっきゃっきゃっ」。わけなんて、わからなくていいや。わけなんて、わからなかったかもしれないんだから。響かせ合いたかっただけかもしれないし、何か伝えたかったのかもしれない。赤ちゃんの頃はあまり覚えていないけれど、そうやっている間は、大切なことを思い出した気分になる。

子どもと遊ぶ時、僕は子どもになって遊ぶ。「おじさん」と言われようが、僕だって昔は子どもやったんやから知ってるんよ。なっていいなら、あんたと同じ、子どもになれる。

青年と話す時があったら、僕も青年になって一緒に悩む。答えなんてそもそも誰も用意できないはずだけど、答えがどこかにあるんじゃないかと、そんな気持ちに一緒になって探してみるさ。「大人にゃわからん」ことないさ、僕も青かったんだから。青くなろうと本気で思えば、青くなれる。

大人に出会ったら、僕の知っていることを伝えて、僕の知らないことを教えてもらおう。その時は、僕は大人でも子どもでも、なんでもいいや。できれば、今まで生きてきた全部の自分でありたい。ほんとうは、誰とでも「全部の自分」で出会えたら、きっとおもしろいと思う。

◎

赤ちゃんの頃、降り注いだ光、不思議な音、嗅いだにおい、手触り。どんなふうだったろう。

「もう、赤ちゃんじゃないんだから」と、はからずも赤ちゃんを卒業させられた時、すっかり赤ちゃんの世界に蓋をして、僕は「子ども」になった。

夢中で楽しんだこと、無闇に畏れたこと、世界が色鮮やかに見えたこと、何もかもが歌っているのを知ったこと。「もう、子どもじゃないんだから」と、自分に言い聞かせ、子どもの世界に蓋をして、僕は「青年」になった。

まだ見ぬ世界、どんな素晴らしいことが待ち受けているのか、どうやったらそんな世界に辿り着けるのか、そんな世界で自分は生きていけるのだろうか、悶々と悩みながらも、突き進む毎日。いつしか、そんな悩みに蓋をして、僕は「大人」の門をくぐった。

社会に出れば「社会人」になるし、結婚すれば「夫」や「妻」になる。子どもが生まれれば「父親」や「母親」になる。歳をとれば「老人」になる。その時々で、それぞれの役割を全うするのはとても大切で必要なことだ。でも、それだけではやっぱりもったいない。

〝いま〟を生きている僕は、どれくらいきちんと「自分」でいられているだろう？　いらない「自分」を置き去りにした分、身軽で見栄えのいい大人になったのはいいけれど、ずいぶん、生き方が狭くなってやしないだろうか。大人になるためにその都度捨ててきた「自分」は、いったいどうしているのだろう？　どうやったら、閉じてきた蓋をひとつひとつ開け、捨ててきた「自分」を全部取り戻せるのだろう？

◎

「呼び水」という言葉がある。井戸のポンプから水が出なくなった時、ポンプに水を注ぎ込むと再び水が出るようになる（映画『となりのトトロ』でもやっていた）。水が水を呼ぶ。同じ処方を人の人生にも充てられないだろうか。僕がつくる音楽や映像は、ときどき「懐かしい」と言われたり「ノスタルジック」と言われたりする。僕はそれを最高の賛辞として受け取ってきた。自分の作品はともかく、僕は「懐かしい」と感じるものや人、景色が特別に好きだ。

誰かがつくったものに触れて「なんだか懐かしい」と感じたことはないだろうか？　初対面なのに「あ、この人、懐かしい」と感じたことはないだろうか？　はじめて出向いた場所なのに「懐かしい」と感じたことはないだろうか？　何かに接して「懐かしい」と感じるのは、「自分の中にすでにあるもの」に触れたからだ。たとえ忘れてしまっていても、あらゆるものが自分の中に残っているはず。人生の節目節目で蓋をして追い出してしまった過去の自分は、僕たちが忘れてしまっているだけで、今も自分の中で生き続けているに違いない。もう一度、捨ててしまった自分と出会いたければ、蓋を外せばいいのだろう。蓋を開ける鍵は、どこにどんな形で転がっているのだろう。

もし、すべての自分を取り戻せることがあったとして、そんな自分、ずいぶんヘンテコでおもしろそうだ。想像もできない。僕はそんなヘンテコな自分に会いたい。ヘンテコなあなたに会いたい。

じなんぼうのよろこび

2012年7月

兄が産まれて1年と5か月後、僕は産まれた。いわゆる、次男坊だ。母にとっては二人目ということで女の子を望んだのだろうか、写真を見返すと、女の子の水着を着て、はしゃいでいる僕がいる。通りを歩いていると、「あら、お嬢ちゃん」と言われたとかなんとか。幼稚園に通う頃になると、年子や双子によくある光景で、兄と僕はだいたい同じ服を着ていた。兄は緑や紺など落ち着いた色、僕は白や赤なんかの派手な色。べつに派手好きだったわけではない。兄がまずそういう色を選ぶから、僕はこういう色を選ぶのだ。次男坊とはそういうものだ。

今でも僕は、あたらしい仕事がはじまる時、何かをつくりはじめる時、まずほかの人がどうやってるのかを調べられるだけ調べる。まだ誰もやっていない隙間がわかったら、ようやく取り掛かれる。次男坊に、率先してやりたいことはあまりない。誰かが用意した何かと何かの隙間、自分の居場所を見つけるのが大の得意だ。

誕生日がやってくると、目の前に苺のケーキが運ばれた。兄はまず苺を平らげる。僕は最後に味わおうと、スポンジから食べる。僕の苺をちらちらと見てくる兄。僕は「お兄ちゃん食べる?」と言って苺を兄にあげる。誕生日の写真を見てみると、自分の誕生日はあまりうれしそうに写っていない。恥ずかしそうに万歳している。兄の誕生日には、兄より大はしゃぎして万歳している僕がいる。その顔はとてもいきいきしている。

〝三つ子の魂百まで〟というけれど、持って生まれた性質か、育った環境なのか、子どもの頃に味わった喜びは、大人になってもその人の中心であり続ける。昔から僕は、常に誰かのためにつくっている。映画音楽のように頼まれた仕事はもちろん、誰にも頼まれずに取り掛かる作品でさえ、僕は誰かのためにつくっている。その誰かは実在する人かもしれないし、記憶の中にいる誰かかもしれない。はたまた、10歳の頃の自分を喜ばすためにつくることだってある。なんにせよ、今の自分ではない「誰か」が喜ぶのを感じて、僕はとびきりうれしくなる。誰かが喜んでくれないと、なんにも楽しくないのである。美談でもなんでもなく、次男坊だからそうなのだ。

◎

次男坊は、よく見ている。兄がやすやすと欲しいものを手に入れる裏で、母がいろいろとやりくりしているのを。だから、次男坊は「これが欲しい」とは、なかなか言えない。兄が一番上等の寿司を頼んだら、僕はすかさず一番安いキュウリ巻きを頼むのだ。次男坊は、自分も大トロが食べたいわけじゃない。食べたところでおいしいとは感じるが、満足はしない。あくまで自分なりにバランスが取れたことに喜びを感じる。それが次男坊の楽しみだ。

そうやってバランスを取っているうちに、「ここだけは譲れない」というタイミングが次男坊にもやってくる。勇気を振り絞って「欲しい」と言ってみるのだけれど、親にとっては、あまりピンとくるタイミングでもないらしく、だいたいが素通りされてしまう。そういう時、「今まで我慢してバランスを取ってきたこと」とか「譲ってきたこと」が一気に噴火して、ぐわあああと泣き出し、猛烈に抗議する。別に次男坊だけでなく、すべての子どもがそうなのだろうけれど、子どもが猛烈に抗議している時、その

子なりに時間をかけていろいろやってきた挙げ句の抗議なんだと気づいてあげてほしい。

◎

こうして書いていると、なんだか次男坊の愚痴みたいになってきたけれど、兄は兄で、妹は末っ子として、それぞれ我が道を、我が喜びを探求してきたのだと思う。例えば、皆が欲しがるような何かが目の前に差し出された時、我先に手に入れることに喜びを感じる人もいれば、自分以外のほんとうに欲しがっている人が手に入れることに喜びを感じる人もいる。もしかしたら、誰の手にも入らないことに喜びを感じる人もいるかもしれない。どれが正しいとか美しいという話ではなくて、そこにはいろんな種類の喜びがあるという話。

世の中には、いろんな職業がある。僕だったら、「音楽家／映像作家」が肩書きだ。だけど、僕自身が、世の中に対してどうある人なのかを説明するのに、しっくりくる言葉ではない気がする。子どもの頃から何十年もかけて、その人なりの喜びを受け取る道をひたすら歩んできたのだから、きっと、ほんとうのプロフェッショナル、肩書きは、「音楽家」みたいな職種の名前などではなく、その人なりの喜びが書いてあったほうがしっくりくる気がする。

〝三つ子の魂〟が育て上げた、喜びを受け取る能力を、あの人もこの人も持っている。だれもかれも、子どもの頃があったのだと、そんな視線で世の中を見られると、ほっと穏やかな気持ちになる。

てんさい

2012年8月

僕が何かをつくる時、どういうふうにつくっていくのか書いてみようと思います。

まず、いろんな情報を集めるところからスタートさせます。「情報を集める」といっても、あたらしく探して集めるわけではありません。妻とご飯でも食べながら、それまでに自分が体験してきたことを振り返ってみます。日頃から「これが何になるんだろう?」という、わけのわからないことをたくさん体験できるようにしています。

旅に出かけたり、人と会ったり、誘われるままについていったり。特に、躰で記憶しておくというのは大切なことです。最近だと富士山に初挑戦してきましたが、登山の経験がすぐに仕事に活かされるわけではありません。数週間後かもしれないし、数年後かもしれませんが、ある日突然、山頂から観た景色や登山で感じたあれこれが、不意にメロディになったり、色になったりして作品に表れるものです。普段から、いろんな種類のものを躰に入れておく。料理をしたり土いじりをしたり、はたまた汚いものに触ってしまったり、いろいろ体験した手でピアノを弾きたいものです。

曲をつくるとなったら、まずピアノに向かいます。しばらく弾いてみますが、なかなかあたらしい曲には辿り着けません。演奏するのを諦めて、ある気分になってみます。例えば、今年取り掛かった『おおかみこどもの雨と雪』の映画音楽だと、自分がお母さんになった感じを想像してみます。役者が演じるように、身のこなし、声の出し方、動きの速さなど、自分が知っている範囲でいいけれど、きちんとなりきってみます。肝心なことですが、自分らしさというのは考えないようにします。あたらしく何かをつくるということは、あたらしい自分になれるチャンスですから、自分らしさなんて気にしてしまったら損です。自分は何者にもなれると思って演奏をはじめます。３日くらい、飽きるまで、演奏したものはすべて録音しておきます。ここまでが、デモづくりです。

飽きたら、ひとまず落ち着いて、もとの自分に戻ります。録音したデモを聴きながら、整理していきます。思いつきで演奏したものばかりなので、おかしなところがたくさんあります。それを聴きながら、「こうなったら、もっとよくなる」と考えたり、「ぐっとくる曲」「よくない、今はどうでもいい曲」というふうに分けて整理していきます。写真の整理に似ています。思いもよらぬ表情が記録されているものが、やっぱりおもしろい。整っていなくていいんです。ここまでくれば、作曲はほとんど終わったようなものです。

◎

ここからは、練習に入ります。「惜しい」部分をよりよくするために間違っている個所を練習したり、自分がこんな演奏できるなんて！　というおもしろい演奏を何度も練習します。この時間、音楽家としてはとても重要で、あたらしい演奏の仕方、あたらしい表現の仕方を躰に覚え込ませておきます。そして、おかしい部分や間違った部分を演奏し直したり、いらない部分を削って継ぎ接ぎしてみたり、ほかの楽器の音を付け足したりして、よりよく聞こえる方法を探ります。

こうしているうちに、曲自身がこっちに行きたい！　と投げかけてくるので、難しく考えずにその感覚に従います。理屈でやったら失敗します。電話をかけると、「もしもし」からはじまって「ではでは」

と終わるように、はじまりと終わりが音楽にもあります。一歩ずつでも進み続けていると、いつか「ではでは」に辿り着くものです。諦めずに、とりあえず終わりまで辿り着いてみることです。多くの場合、終わり近くで、まったく予想しなかった何かに出合えるものです。終わりまで辿り着けたなら、その曲が「あんまり」な曲であっても、いつか自分の役に立ってくれます。途中で諦めると、その後、ずっと気にし続けなければいけなくて「あんまり」な感覚が躰に残り続けたり、逆にまったくなかったことになってしまって、躰からも消えてしまうものです。もったいないので、最後までやりきったほうが、そのあとの人生がおもしろいです。

なにより、自分は最高！　天才！　と思うことが大事です。もっと細かくいうと、「普段は出てこないけれど、いざとなったら出てくる自分の才能」、これに対して、あっぱれ！と信じて、当てにするのがいいです。どんなにすばらしい才能を持った人でも、その才能が常にいつでも出てくるものじゃないことを知っています。自分が気持ちよく解放された瞬間だとか、誰かの想いを受け止められた、風を切るように走れた、いいアイデアが思いついた、大きな声が出たなど、思いもよらなかった自分の能力を味わえた最高の瞬間って、皆それぞれたくさん持っていると思っています。

　自分の天才を外に出すこと。どうやったら、この天才が生み出す素晴らしい何かをきちんと表に出せるのだろうか。悩むのだったら、その部分に対してきちんと悩んで、あとは悩まなくてもいいと思っています。

躰は動かせば、動かした分だけ力をつけていきます。ピアノを自由に弾きたかったら、とにかくピアノを演奏してみるしかありません。指が一本一本自由になればいいのと、どの鍵盤をどんなふうに押したら、どんな音が鳴るのかわかるようになれば、それだけでいいと思います。それくらいの努力は怠らずに、あとは自分の天才に栄養を与えることに専念したほうが楽しいです。

◎

まるで、釣りと同じ感覚です。豊かなものは、もうそこにあるのだから、あとはどうやったら釣り上げられるのか。乱暴に釣り上げることだってできますが、同じ漁でも、いろいろ知って、魚を喜ばせたい。魚が喜んでくれたら、実りはきっともたらされます。あとはもう感謝していただくしかありません。

どうやったら自分が喜ぶのかより、どうやったら自分の天才は喜ぶのか。そこに想いを巡らすと楽しくなります。なかなかうまく進めない時は、天才を喜ばす経験が足りていないのかもしれない。あれこれ悩むより、一歩、「今の自分」の外に出て、自分の中の天才を喜ばすあれこれに出会う旅に出たいものです。

てんさい2

2012年10月

何をやっても駄目な時っていうのが、やっぱりある。このエッセイもそうだけれど、何を書いたらいいのか思いつかない。曲を頼まれているのに思いつかない。コンサートの本番なのに集中できない。そんなことは、しょっちゅうあります。振り返ってみると、なんだかんだ締め切りには間に合って満足のいく結果になるのだけれど、やはり駄目な時はしんどい。脱出する確かな方法があればいいのだけれど、風邪をひくのに似て、治ってしまうと辛かった時間を忘れて元気に生きてしまうもので、いざ駄目な時にどう対処したらいいか深く考えなかったりする。

例えば、曲をつくる時、うまくいかない時は、家のピアノを弾けばすぐにわかる。もう一音出しただけで嫌な音がする。楽しくない硬い音がして、躰がしんどくなる。それでも、そのまま4時間くらい弾き続けていれば調子が出てくる時もあるので、無理をして弾き続けてみる。やっぱり駄目。この状態に入ってしまうと、1週間弾き続けても一向に楽しくならない。そのうち頭痛や耳鳴りまでしてくるので、あらゆる音に触れるのが嫌になってしまう。

そのうちに鳥が鳴いているのを聴いて、「ああ、いい歌を歌うな」と思ったり、たまたま柵にぶつかって金属が「ぐわわ〜ん」と鳴り響くのを聞いて、「ああ、いい響き」となったり、妻が鼻歌を歌ったりピアノで遊んだりしているのを聴いて、「ああ、シンプルで柔らかいな」と思えるタイミングがやってくる。その時にほんとうに失礼な話だけれど、「こうなったら、もっと素敵なのに」

と思ったりしてしまうのだ。鳥の歌うメロディをピアノで弾いてみて、「この続きは、こういう感じでしょ?」と弾いてみる。妻の弾くシンプルなピアノに和音や展開を付けて「こうしてこうしてみたら、ほら魔法がかかった」と、改めて書いてみると、とても嫌な感じだなあとも思うけれど、こういう気楽さが入り口になって心がほぐれてあたらしい曲が生まれたりする。僕はあたらしくつくるより、隙間を見つけるのが得意なんだと思う。

◎

なんにしても、駄目な時は自分の中でイメージがふにゃふにゃしている。いろいろなことを試したり、手を出してみたりするけれど、結局、自分が最終的に「当てにするイメージ」があって、それは子どもの頃から変わらない。

僕の場合、そのイメージは「おかあさん」という言葉が一番近い。産んでくれた母はもちろんそうであって、母が「だいじょうぶ、だいじょうぶ、気楽にやりよ」と微笑んでくれるイメージ、父がにやりと鼻で笑ってるイメージ、山や海や空が「おおい、ここだぞ。ここに響くように届けておくれ」と迎え入れてくれるイメージ、地球と一緒に呼吸しているイメージ、妻が「最後はなんとかしちゃるっちゃ」と見守ってくれるイメージ。駄目だ駄目だと散々足掻いて、最後に戻るイメージは、そんな柔らかい包まれるイメージだ。僕はそれを背負う覚悟がある時、気楽になって音を自由に奏でられる。

とある世界最高のダンサーに、「ああ、これが世界一の足なのですね。触ってもよろしいでしょうか?」とインタビュアーが尋ねた。そのダンサーは「それは〝足〟よ。練習してきたもの、踊

れるわ。でも、イメージがなければ何も踊れない。大事なのはイメージよ」と言っていたのを思い出す。

その人が持つイメージの質に、よいも悪いも優劣はないと思う。人が「才能」という言葉を使う時、僕は「その人が持つイメージを外に表せる能力」のことをいつも思い浮かべる。同じ「ド」の音を出すのでも、イメージさえあれば、子どものうれしさを表すこともできるし、宇宙を巡る星々の流れを表すことだってできる。イメージさえあれば。でも、そんな確たるイメージも常に強く持っていたらいいものでもなくて、フッとやってくる真新しいなんだかよくわからないイメージがおもしろくて、恐る恐るあたらしい波に乗ってみたら、僕は宇宙に飛ばされる。そして「ずいぶん、遠くに飛んだな」と思うのだけれど、結局、「ああ、また〝おかあさん〟の手の内だわ」と。僕はつまり、雲に乗った猿なのだ。

◎

僕はピアノを弾く時、いつも「誰かに聴いてほしくて」音を奏でる。ピアノの音がそもそも大きくて外に音が漏れるというのもあるけれど、通りがかりの新聞配達のおじさん、井戸端会議のおばさんたち、学校帰りの子どもたち、庭の木に集まる鳥や虫、向こうに見える山々や空に、時にはもうこの世にはいない人や何かよくわからないものに聴いてもらいたくて、僕はピアノを弾く。子どもの頃から何度も何度も、ずっとそういうふうにピアノを弾いてきた。

うまく演奏できたり、あたらしい曲ができたりすると、「どうやろ？　とてもいい感じじゃない？　一緒に歌おう、踊ろう」と、そんな気持ちになる。現実ではないような「不思議な空間」

に入って、一緒に音を奏でている気分になる。

　単なる妄想だと思うけれど、はじめてピアノを弾いた時から、うまく弾ける時はずっとそんな空間に包まれる。なんだか、物凄く速いのに時間が止まっているみたいで、色や光を自由自在に変化できて、自分がはみ出ていっていろんなものと繋がって、自由に動けて、きっと音を聴いている人も自由だろうな、こんなに自由でいいのかと勝手に涙がこみ上げる。言葉にすると極めて陳腐だけれど、そういう空間を信じている自分がずっといる。だからピアノを弾くし、誰かに聴いてもらいたくなる。

　時々、同じように音を奏でたり、絵を描いたり、言葉を生み出したり、踊ったり、走ったり（それはもう、ありとあらゆる行いで）、そういう人に出会うとうれしくなる。もちろん優劣なんてありはしない。ただただ、きっと同じようにうれしいんだろうなと、うれしくなる。

しらいき

一曲つくってみました。
ぜひ、演奏してみてください。

2013年2月

しらいき

おと ： たかぎまさかつ

ことば ： たかぎみかを

かんちがい

２０１３年４月

アフリカはエチオピアへ、撮影旅行に行ってきました。５月末から横浜で予定されている「アフリカ開発会議」に合わせて、展覧会で映像を発表するため。今回は、国際交流基金からの依頼ということもあり、どういう旅にするべきか、入念に準備されました。そういうふうに準備してもらって海外へ撮影しにいくのは、初めてのことです。

エチオピアの首都アディスアベバに到着するとガイドの方たちが出迎えてくれました。ホテルに到着するや、ふらっと散歩に。ホテルの敷地から一歩外に出ると、守衛の人がずっと見張ってくれています。ううむ、いつ強盗にあうかわからない地区のようです……。普段なら一人ふらふらと歩き回るところですが、治安の問題もあって「勝手に出歩かないように」ときつく言われていました。突然、「中国人！」と声が飛んでくる。なぜか、大きな石を手に掲げ、威嚇しながらどしどし近づいてくる……。どうやら道路工事などを中国企業が受け持っているらしく、労働に対する扱いに対して不満があふれているよう。実際に石を投げられることはなかったけれど、ちょっとびっくり。

数日後、田舎のとある村にて、調子に乗り過ぎた子どもに対して、大人が同じように石を掲げて怒っていたのを見かけました。ふむ、怒りを表す普通のしぐさなのか？　今回、いったいどんな旅になるのだろう……。念のため、いつもより身構えて行動しましたが、人の温かさにたくさん触れる旅になりました。見渡す限り砂漠のような荒涼とした山々、ぽつり大木ほどの巨大なサボテンに囲まれた小さな村。

どこに行っても、子どもたちが唄と踊りで出迎えてくれ、大人たちは家に招き食べものをすすめてくれる。大地と共に生きる力強い目が、きらきらとまっすぐだ。

首都から飛行機でラリベラ、そしてゴンダールという地方を回ったのですが、どちらも標高が高い土地で、時には3000メートルの丘の上で寒い思いをしながら寝たり。そうそう、寝ることがこんなに大変な旅もありませんでした。ある程度、きちんとした宿泊先に泊めさせていただいたのですが、眠りに落ちそうになると、なんだか躰中がもぞもぞ熱くなってくる。電気をつけて確認してみると、ああ、ダニだ……。あまりにひどい時は、持参の断熱シートを敷いて寝袋で寝るはめに。それでもたくさん噛まれてしまいました。と、いやいや、こういうことを書きたいのではなかった。今回の旅で、気づいたことをひとつ。

◎

はじめから終わりまで、ずっとガイドが共に行動してくれ、一人では辿り着けないような場所に連れていってくれたり、村に入った時に撮影しやすいように動いてくれたり。たくさんの幸運に恵まれて、一緒に旅ができてよかったと感謝しているのですが、ただひとつ、どうしても我慢できないことがありました。目にするもの、ひとつひとつに対して説明が入ってくるのです。「これは何年に建てられた建物で、こういう出来事があって」、一度はじまると止まらない説明がどしどし飛んでくる。最初のうちは、「ふむふむ、そうなのか」と真剣に聞いていたのですが、ほどなく、同行していた妻が「ああ、だまって！勘違いさせて!!!」と、こっそり僕に耳打ちしました。そうそう、旅の醍醐味は「勘違い」なのです。「勘違い」したい、させておくれ！

例えば、昔、王様が住んでいたお城の遺跡に行ったとして、僕が得たいものは「何年に何があった」という情報ではない。「この壁の染みが笑ってる人に見える」というつまらない発見だったりする。「聖者が悪魔を退治している絵ですよ」と説明を受けるより、「このやっつけられている可哀相な者こそ、素晴らしい何かだったんだろう」と妄想をふくらませたい。土産物屋で見つけた、現地の人にとってはスプーンを「素敵なかんざし」と勘違いして使ってみたり。市井の人が何気なく口ずさんだ歌に、空が歌い山が笑う奇跡を、勘違いでもいいから聞き取りたいのだ。

赤ん坊が、この世界を真新しい感覚ではじめて知覚していくように、「これはこれ」と、何もイコールで結ばれていない状態で世界を感じるようなものです。人から教えられた情報ではなく、自分の心と躰でもう一度、世界に触れてみる。常識として当たり前だと思い込んでいる「何かと何かの結びつけ」

を一度ほどいて、自分なりに物事を結び直してみる。
せっかく常識が違う異国の地に足を踏み入れているのだから、たくさん勘違いして、自分なりのあたらしい結びつけを付け加えたい。その結びは、勘違いで、あるいは曇りない直感で発見されたゆえに、真の的を射抜いているかもしれない。わざわざ海外に出かけなくても、よく見れば、いろんなところに自分にとっての異国が広がっている。そういう見知らない外の世界に出向いて、もう一度、世界を勘違いし直してみる。
今、撮影してきた素材で映像作品をつくっています。せっかく撮影してきたのに、カメラがとらえた記録はそっちのけで、まずは画用紙いっぱいに絵の具やクレヨンで描いてます。記憶の中にある感じてきた情景を、勘違いしながら絵筆を走らす。ああ、子どもの頃ってこういうふうに絵を描いていたのだな。ようやく、あの頃の絵の続きがはじまった気がしています。

じくうりょこう

2013年5月

この2か月、実に久し振りに映像をつくっていました。今回はエチオピアで撮影してきた動画をもとに、コンピューターを使ってあれやこれや描いていったのですが、音楽と違って映像はやっぱり時間がかかります。パラパラ漫画を描いたことがある人ならわかると思いますが、もうひたすら面倒くさい。「いま」頭に思い描いたことの結果を見るまでに、ひたすら同じような作業を続けないといけません。それもていねいに進めないと、あっという間にぐちゃぐちゃになってしまう。

ピアノならすぐに奏でられるし躰を存分に使えるので、映像をつくるのに比べたら健康的だなと、できることなら映像をつくるのはやめてピアノをずっと弾いていたいなと、いつも思います。

それでも映像をつくるのは、なんだろう、やっぱり映像をつくっている間に学ぶことが多いからなんだろうな。ピアノなら5分奏でたら5分の作品になりますが、5分の映像をつくろうと思ったら、僕の場合3か月はかかります。後々、5分で観ることになる映像に数か月付き合うことになるので、つくっている間はスローモーションで生きている感覚になっていきます。

制作の最中は、いろんなものが細かく微分されて感じ取れます。例えば、空気の中に虹がたくさん見えたり、身の回りのすべての音が歌っているように聞こえてきます。こう書くと変ですが、実際そう見えたり聞こえたりするから仕方がない。お風呂につかっていても、虹色の液体に見えるし、湯気のひとつひとつの水の粒子が色をもって踊っているように見える。外を歩いていても、木々の一葉の一枚一枚の色がそれぞれきちんと違う色として見えて、それはもう楽しそうにワイワイしている。何かが動くと、そこには音があって、虫や鳥たちはそんな変化に合わせてきちんと歌い分けている。風が違えば、歌われる歌も違ってくる。

出来上がってくる映像は、それはそれとしておもしろいものに仕上げたいのだけれど、僕にとっては「映像をつくっている時間」というのが、なんだか特別な時空旅行に出ているようで、かけがえのないものなんだと思います。それで、改めてピアノを弾いてみると、ずいぶん違う表現ができるようになっています。例えば、空に虹がかかったとして、赤、橙、黄、黄緑、緑、青、紫、ぱっと7色に一気に見えていたわけですが、映像をつくったあとに演奏すると、1億1000万色の中をゆったりぐわわんと漂いながら、赤から橙に辿り着くまでに数えきれない色があるのだなと、それをピアノで奏でてみたいものだなと、そんな心持ちになって、ああ映像をつくってよかったなと思えてくる。

ぱっと思いついたことをすぐにパッとやって終わらせてしまうのも、爽快でおもしろいし、ぱっと思いついたことをぐわわわわんと時間をかけてやってみるのも、悶々とするけれどおもしろい。時には音楽をつくったり、時には映像をつくったりしているのは、瞬間と永遠、やっぱりどっちも行き来したいからなんだろうな。

みみ

耳をすませば、世界は音にあふれている。屋根にのぼって耳をすませてみる。近くにはご近所さんの話し声、子どもたちがはしゃぐ声、カチャカチャと料理をする音、チチチチチと鳥が鳴いて、ぶーんと虫の羽音、さささささと風の音、ブウォォンと自動車が走る音、空はごおおおおと飛行機の音で満たされている。もちろん朝昼晩で季節によって、音世界はまったく違ってくる。

そんな音世界に耳を傾けられると、あたらしい曲がふっとあふれてくる時がある。波乗りのように、外に流れる音の流れに、抗うことなくふわっと乗れた時、自分が奏でるべき音がわかるような気がしてくる。

２０１３年７月

町から山に入ってみると、静かだと、はじめは感じる。でも耳をすませば、人の町以上に賑やかだ。風が吹いて、木々がカサカサ音を立てて揺れる。その音を聴いて、鳥たちは歌う音色を変える。つられて、虫たちも歌う音色を少し変える。不意に大きな音が立とうものなら、すっと音が立ち消えて、ざわざわざわと葉がこすれ合う小さな音で満たされる。

でたらめに音があふれているようで、そうではない。お互いの音をよく聴いて、その上で自分の音を出している。だから、空気がちょうどいい具合の音で満たされている。健やかな場所は、健やかな音で満ちている。天気の移り変わりも彼らの音の変化を聴いていると事前にわかってしまうような気がしてくる。

ものを食べていると、いろんな音が口から躰の中から伝わってくる。今日の料理、あと一品何にしようか迷う際、シャキシャキする音が足りないなどと、音で判断してみるのも楽しいかもしれない。案外、理にかなった献立に辿り着くかもしれない。

どちらに進むべきか迷うような時も、こっちからはいい音が聞こえてくるな、という判断で進む道を選ぶのもいいのかもしれない。もしくは、ここでなら自分が出す音を乗せられる、そう感じる方向に進めばいいのかもしれない。自分を満たす音、自分が満たす音。その両方の案配がちょうどいい場所。それが自分にとって、居心地のいい場所なのかもしれない。

ちいさなむら

以前の暮らしと同じ便利を求めると30分は車を走らせないといけませんが、住んでみればなんでもなく、静かな山道や昔ながらの集落を、太陽の移ろいと共に味わいながら移動できて楽しいです。

それに、こんなところに住んでいると、欲しいものも変わってきますし、自分の手でやってみたいことも増えてきます。なにより、ほんとうに見たい聞きたい触れたい知りたいが、そこら中に自生しています。

おひっこし

2013年8月

引っ越しました。山に囲まれた谷間の小さな村、その村の一番奥にある古民家。もはや山と一体化しております。

何はともあれ、引っ越しが大変でした。今年の夏はたくさん仕事を抱えているので、支障が出ないよう、前もって掃除や準備をしにいきました。スタジオに使う部屋は離れにあります。以前は蚕を飼っていた部屋らしいのですが、予想以上に汚れがすごい。いったいどこまでが「汚れ」なのか「建材」なのか、わからなくなってきます。拭いても拭いても、雑巾が泥の固まりに……。やっとこさ綺麗になったところで、ささっと床にワックスを塗って。

よし、準備万端。引っ越し屋さんがやってきて、小学生の頃からずっと住み続けてきた家は、すっからかん。なんとも言えず、ありがとう、ありがとう。もう夕暮れでしたが、その足でそのまま新居へ。あたらしい家で寝て、あたらしい日を迎え、自分たちの荷物がやってくるのを、わくわくしながら待ちわびる。

◎

しかし、なんだか嫌な予感。山に近づくにつれ、霧がどんどん濃くなっていく。数メートル先が見えませぬ。湿気100％じゃないだろか。恐る恐る戸をガラリ。な、なんと、床一面、湖になっているではありませんか。おいおい、ワックス12時間で乾くって書いてあったよ。もう2

日は経っておるよ。

床の上を歩いてみると、ぐちょぐちょ、ねっとり油がくっついてくる。このままでは家に上がれないどころか、朝になったらやってくる荷物を運び込めない。慌ててワックスをはぎ取る作戦に。薄め液をつけて、雑巾で拭き取ってみる。少しましに。いやいや、50畳はある広大なスペース、朝までに終わる気がしない……。夜を徹して、拭いて拭いて拭きまくって。

ひとまず、今はこれ以上無理なところまで辿り着いたし、引っ越しでくたくたなので寝ることに。あれ、チェロ（猫）がいない……。ぎゃあ！　猫が逃げ出した！　真夜中、あたらしい環境、周りは山！　朝になると引っ越し屋さんが大勢来るので、チェロはそれだけでもパニックになるはずなのに……。なんとか、朝までに捜し出さないと。懐中電灯片手に、ぐるりぐるり家の周りをまわり、山をまわり、村をまわり。ゴロゴロゴロ！　ドシャー！　大雨が降ってきた！　いや～、これは無理やわ。どこにいるのか、皆目見当がつかん。

疲れ果てて家に戻ってくると、先ほど拭いたはずのワックスが、また浮き出してきておる。ふんぬ～、拭くぞ！　拭くぞい！　空が白んできたので、また山をぐるり。にゃ～あお～。ずいぶん、猫の鳴き声がうまくなってきたぞ。においをつけておけば、辿って帰ってくるかもしれない。いろんなところに触れながら、鳴きながら歩く。山の麓《ふもと》に村の先祖さまのお墓があったので、手を合わせる。「帰って来れなくても、なんとか生き延びますように」。

◎

引っ越し屋さんが、ほいさっと威勢よくやってきた。どんどん荷物が運び込まれていく、びちょびちょの床の上に……。ていっ、もうヤケクソじゃい。「痛いっ、イタ——ッ!!」、引っ越しのお兄さんが走り回る。家の周りに無数の蜂が飛び回っている。あれ？　玄関のすぐ横に大きなスズメバチの巣が！　2人刺されてしまい、すぐに村の診療所へ。隊長いわく、「今日は無理なので、荷物を持って

帰ります。お盆で忙しいので10日後くらいに、また」って、それは駄目だ！　仕事ができないどころか、生活もできないよ。片っ端から駆除業者に連絡してみるも、「夜にならんと無理です」。こうなったら村の人に相談。なんとか考えてみると言ってくださったものの、もう無理だろう……。「荷物をガレージに突っ込んでおいて下さい。あとで自分で家に運び込みます」。ああ、どうしよう。ガラガラといろんなものが崩れていく。ガラリ！　勇ましいおじさま2人がやってきた。「わしらは炭焼きグループのもんや。真っ黒やから上がれへんわ」。いや、もう足袋のままで！　巣をみてやってください！　プシュー、ドスドス、プシュシュシュー！　あっという間に蜂の巣を破壊し、名も残さずさっと

帰っていかれた。軽トラの後ろ姿が眩しい。

その後、引っ越しはなんとか無事に終わり、ふぅ〜。あれ？　遠くで誰かが手を振っている。「村のもんやけど、今日買い物行く暇ないやろ？」。抱えておられるのは、たくさんのお野菜。ジンッとしてる間もなく、やはりささささっと去ってゆく。また小さくなっていく軽トラを見送る。なんだろう。土地と村とそこに住む人に一気に触れて飽和状態。くたくたの躰で、もう一度チェロを捜しにぐるり。気配さえない。もう明かりのついた家に帰る……と！　なんと！　きょとんと座っている。その晩、もらったゴーヤが苦くてとてもおいしかった。

たね

2013年10月

山に引っ越してからというもの相変わらず仕事ばかりしていて、気がついたら秋が来ていた。庭の木や山々は、ぐぐっと奥へと色を深め、夜には鹿の小高い歌がこだまする。今朝起きたら、黄色く染まった朝の陽の中で、たくさんの綿毛が飛んでいる。種。種の季節。風を待って、風に乗って、高くたかく昇っていく。

◎

先日、淡路島の廃校になった小学校で開かれたお祭りに参加した。夜のライブだったので、昼間はふらふら遊んでみる。すると、「たかぎさ〜ん！」。振り向くと、前に住んでいた亀岡でよく遊びに行かせてもらっていた『森のようちえん』の子たちが、にぃーと笑っている。

あれれ、来てたんや！　ちょっと見ない間にみんな大きくなったなぁ……。手足が伸びて、前よりのびのび駆け回る。その子のお母さんが言うには「夏は、特にぐんぐん伸びるよ。植物といっしょ」……そうか。お昼ごはんを食べにいくと、今度は沖縄から遊びに来た中学生と小学生の姉妹が「子どもは、放っておいても育つからー。わははは」と話している。子どもが言っているからおもしろいけれど、そうか。確かにそうだ。

◎

9月の中ごろ、仕事と仕事の隙間に庭の隅に大根の種を蒔いてみた。それから東京へ行き、長野へ行き、帰った時庭をふと見たら、小さなちいさな二葉が顔を出していた。ただ蒔いただけ、水まきも何もしていないのに、そして今に至るまでまだ何もしていないのに大根はすくすくと育っている。

日照りも続いた中、ますます大きくなる大根を見て、「種」に潜む不思議な力を思い知る。そして絶妙なバランスで成り立っている自然のことを少しだけ知る。山に引っ越す前、水をやり過ぎたり、やらなかったりで、観葉植物などをよく枯らしてしまっていたことを思い出した。

◎

あれよあれよと夕方になって、いよいよライブの時間。体育館で長い間眠っていたピアノを起こすのは大変だ。ライブ中ずっと探っていたけれど、おじいちゃんピアノはなかなか手強く、思いどおりに弾かせてくれない。

今日はだめだった。と思った時、アンコールの声がどこからか上がった。最後の挑戦かと弾き出す。ずぞぞ！　地が揺れる、どどどど！　狂おしい熱気が、ピアノに降り掛かる！　それまで静かに座って聴いてたみんなが、一斉に声を上げて踊りだした！　何がどうなったかわからず弾き続けたけれど、ピアノから見たその光景は狂おしかった。たくさんの赤い顔！　ぎゃっぎゃっ！　大きな口！　手を伸ばせ！　土を踏めっ！　跳ねろっ！　芽吹けや芽吹け！　お前の中の種よ種！　ずぞぞぞ！　どどどどど〜！　思い返しただけで、鳥肌が。みんな、すごい。あんなの隠してた。何が起こったのかわからなくてびっくりした。はじめての体験。

人の中にある力。種みたいなもの。魂と呼ばれるもの。何がきっかけで、何と何が交わった時に弾け出るのか、未だにわからないけれど、そういうことがある。それも自然と同じく絶妙なバランスでやってくる。なにか、たす、なにかということではなくて、それぞれの日々の暮らしから、もうはじまっているんだろう。

◎

日々、探り探り。試し試し。お互いに、探り探り。試し試し。僕も自分の中にある種を、あるがままに育てよう。ぐんぐん育つ大根の、その横にぽつり、植えた覚えのないじゃがいもの芽が、これまたぐんぐん育っている。

むくむく

2013年12月

色と味の実りの秋が過ぎてゆく。落ち葉が、視界一面を飛び交ってゆく。ここにいると、風が通る道が見えてくる。いつも予想を超えた、素晴らしい曲線を、素晴らしい速度で渡ってく。中には、隙間を狙って入り込んでくる、むつかしいのもいて、家の中より外が暖かい。

目覚めると、外に出て焚き火。火にかけると、木が蓄えていた水は、どんどん蒸発してゆく。そういえば、空に浮かぶ雲も水なんだな。天気というけれど、太陽はいつも変わらずあそこにあって、水が遮れば曇りに、水が落ちてくれば雨に、雪に。生き物の中身はほとんど水らしいけれど、ほんと、水に左右されてる。水の星なんだな。

朝起きると、村の大工さんがやってくる。困っている部分を相談すると、あっと驚く速さで施工してくれる。古い家なので、そこら中が歪んでる。壁に開いてしまった穴ひとつ埋めるにも、まっすぐに木を切ったらハマらない。絶妙な加減で木を形づくる。そういうのは大の得意。半面、時にはまっすぐきっちりやりたかった個所が、歪んでしまったり。それも味です、じねん（自然）です。

村のほとんどの人は常に動いていたほうが楽しいらしく、休みの日もなにやらつくったりいじったりしている。こちらから見ると働いてるなと思うことも、「遊んでるだけや〜」という具合。

村の寄りに参加すると、どこからともなく唄がはじまる。手拍子はもちろん揉み手で、順番が決まっているわけでもなく代わるがわる唄っていく。皆さん唄がうまい。お酒が入り、合いの手が入り、笑いが入り。ある日、下の家のおばあちゃんと立ち話していると、「私は今日から、また唄を唄おうと思う」と宣言された。かわいらしい。僕も唄おう。

男だけで参る、山のかみさま。前日の夜、隣に住む棟梁の家で「おしろい餅」をつかせてもらう。お米をついてできた、真っ白なおしろい餅。この餅を、両の手で包み込むような形に綯《よ》った藁に包み込む。まるで真っ白な魂を、子宮に戻すようだ。最後に南天の葉で飾り付け。女性は触ってはいけない。

真っ暗闇の凍える朝5時。山を分け入ったところに、男たちだけが集まる。大きな火を囲む。持参したおしろい餅を火に入れて、かんからかんに焼けたら食べる。

火を焚くので、その周りだけ木が切り取られ、空を見上げると、ぽっかり穴が開いている。まるでお母さんの中から見る世界だ。自分の魂を食べているのか、山の魂を食べているのか。真っ白なちからからが躰にみなぎる。

ちゃんと、ひとまず

２０１４年１月

「今の自分にはまだ関係ないかな、早いかな」「興味はあるけれど、きっといいに違いないけれど」、だけど、なんとなく距離を置きたい。自分がまだ、そんな素敵なところにはふさわしくない気がして。もっとちゃんとしてから、じっくりと、足を踏み入れたい。

先日、村の人が一緒に田んぼでもやらないかと。それも農薬を使わないやり方で。おおっ、やってみたい！　やってみたいけれど、まだ自分の畑にも手を出せていないし、まず家が整っていない。それに、きちんとやり遂げられるか、音楽や映像の仕事が忙しくなって、てんやわんやにならんかな。考え出すと面倒くさくなって「とりあえず落ち着くまでは……」と言ってしまいそうになるけれど、そこをぐぐっとこらえて、「ひとまず」やってみるとする。うん、やってみたい。

◎

やりたいことって、たくさんあるけれど、やるなら「ちゃんと」やりたい。ちゃんと勉強してから、ちゃんと準備してから、ちゃんと間違わないように。ああ、けれど、「ちゃんと」ばかり先立つとやっぱり進まない、なぜだかおもしろくない。

僕は、この数年、特に震災以降、「ひとまず」やってみるのを大事にするようになった。自分ができるのかどうかわからない。いいかどうかわからない。だけど「ひとまず」やってみる。誰にだって、何にだって「はじまり」があるのだから、多少間違ったって、道、それでいい。

◎

そう、ここ最近、出会う人たちがとても輝いている。自然を相手にいろんな工夫を凝らして技術を身につけて、果てに自給自足の生活を営んでいる人もいる。そういう人たちの生活は、とてもシンプル（洗濯するのも躰を洗うのも食器を洗うのも、別々の洗剤を使うのとは真逆）。やはり、ものごとの根本がおもしろい。

「そもそも、どういうことなのか」「なぜ、これをこう使うのか」。きちんと理解していると、とてもシンプルに生きられるし、自分なりの工夫も思いつける。例えば、食に欠かせない塩。塩は躰を温める。そして、砂糖は躰を冷ます。単純だけど、これを知っているだけで、ずいぶんと見えてくるものがある。逆に、知っていないといろいろややこしいことをやってしまいそう。

世の中、「パズルをしているだけ」「組み合わせをしているだけ」が多い。すべてのものが、何かと何かの組み合わせなのかもしれないけれど、同じ組み合わせなら、根本に近いもの同士の結びつきがいいな。根本を知っている人のつくるご飯は、おいしい、とてもおいしいよ。

ちゃんと辿り着きたい、根っこのもと。ひとまず躰を温めてみる。

ふゆふゆす

2014年2月

すっかり葉が抜け落ちたケヤキに、真白い花がわんさか咲いた。どこもかしこも、山は真白い花盛り。

今年はおおいに雪が降った。積もりに積もりよった。毎朝、雪かきをせんことには何処ぞにも行かれず、僕たちが雪を除けてしまう前に宅配便が通ろうものなら、つんつるてん、かちかちに凍てついて、さっきまで軽々と進んでいたスコップもまるで歯が立たない。丘の下にある隣の家まで坂の道200メートル、雪をかいては、さらにさらにと降り積もる雪。ぎゃっと諦めて家に戻ると、小高い大屋根から、ごごごごごおおおお!!　次々と雪崩が襲ってくる。

あいや、家の周りは雪の壁、わたしはここに閉じ込められて、しんと静かに音もなく、この間まで毎日のようにトンカチしておった大工しゃんらもついぞ来んくなってしもうて、はて、山奥にぽつり、ぽつねん。こりゃいかんと、やっとのことで雪をかき分け村に降りてみるも、人っ子一人歩いておらず、ああ、ずいぶんと寂しい。帰り道はまた大量の雪が積もっていて、いよいよ、冬の孤独はこのことかと沁み入る。

◎

「今度、わたし引っ越しすることになったき」

遠く暖かな土地へ、村人がひとり、去ってゆく。一番仲のよかったおばあさんが知らせを聞く

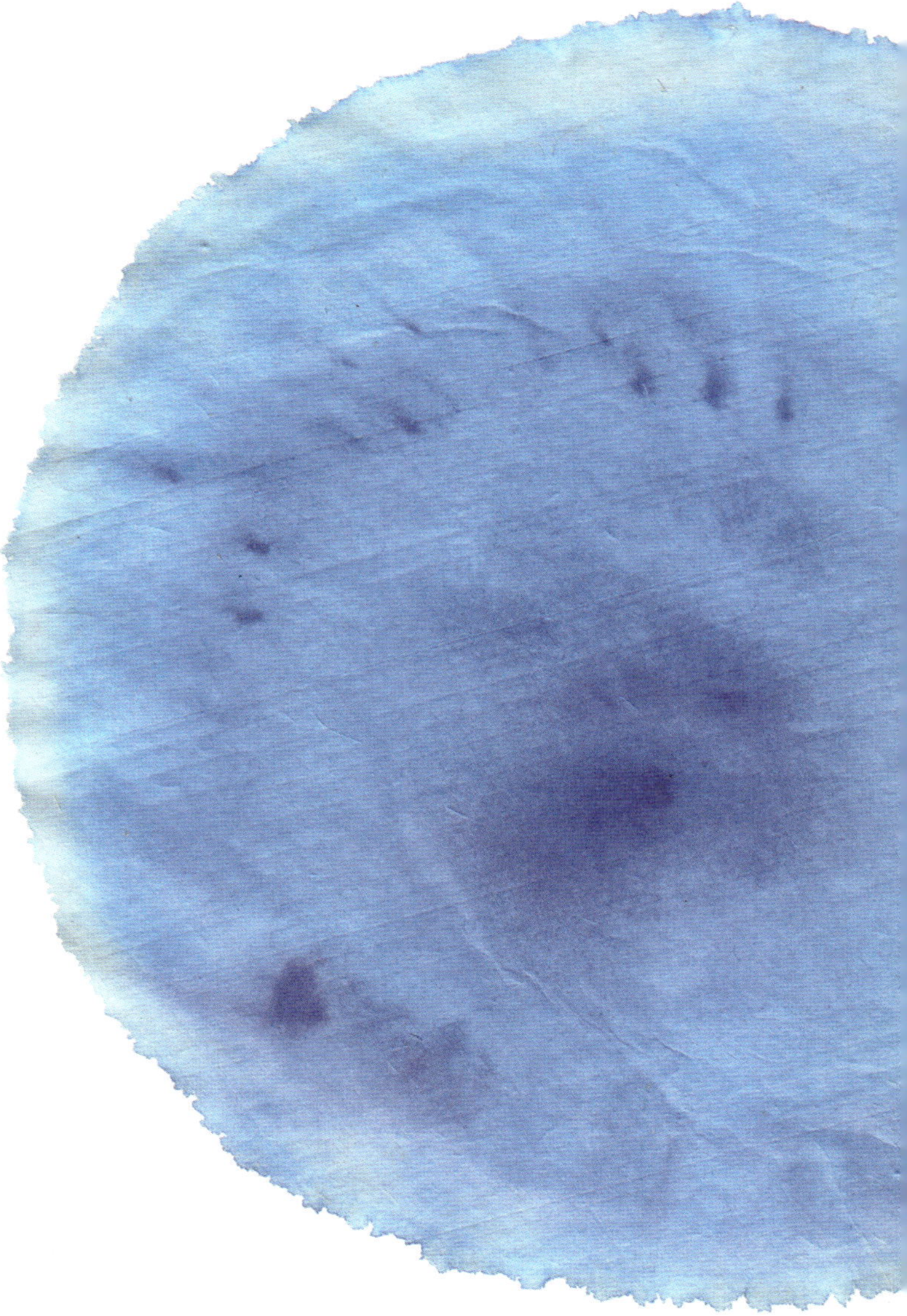

なり唖然として立ち尽くす。「ひとりになってしもた……」。そう、この村は山の奥底にある。買いものできるような町まで車で30分、バスも滅多にやってこない。よく町まで一緒に乗せてもらっていたおばあさんの生活のこれからが、一瞬にして変わってしまった。「大丈夫やって、町に用事がある時は僕らの車で一緒に行こうや」「あんたらは忙しいし……」。

集会所でお別れ会、引っ越しの挨拶をされようとしたら、おばあさんが泣き出した。「今までほんに、ほんにようしてもろうて……。ありがとうな、また遊びにきなな」。

◎

冬はこたえる。うちにうちに気持ちが縮こまってゆく。仕事場に使っていた離れを、改装しはじめていたのだっけ。順調に進んでいた工事も、雪のせいか途中で止まったままだ。母屋に妻とふたり、すきま風に耐えながらぎゅっと小さく固まるから、喧嘩もはじめてしてみた。自分の妄想でいっぱいになって、それを相手に押しつけて、自分の妄想に従わない相手をみて、自分の機嫌を損ねる。

雪が積もり積もって、重みに耐えきれず木の枝がボキボキと痛々しく折れ潰されてゆく。どこもかしこも朽ちていく。薪を取りに行くと、寒さしのぎのカメムシがへばりついている。

「空が暗くなってくると、わからん、涙が出てくるんや。こぼれんように見上げると、あんたらの家の灯りが見えて、それだけでほっとするんやで」

旦那さんに先立たれたおばあさんが、「今年はふゆふゆしとる」と言う。ふゆ、冬、殖ゆ。ふゆれ、殖ゆれ。ここまで来たなら、もうおおいに殖ゆれ。

よく見ると、夏に刈った木々の枝からあたらしい芽がポツポツと、焚き火で燃した灰の下から愛らしい芽がなんのことやら伸びてきて、ガリガリガリガリ、毎朝毎朝、寝室の網戸を駆け上がって僕を起こす黒猫、トンカチトンカチ、大工が鼻歌まじりに精を出し、ことりことり、さえずっては温かなご飯に包まれる。

鹿にやられた畑の柵の手直しから、おばあさんが帰ってきて「一緒に買いもの行く?」と誘ってみると「こおんな泥んこ、いかれへんわ」と大笑い、止まっているかのように思えた世界はじっくりじっくり動いていた。

雪、融ける。屋根も道も、葉っぱもあなたの肌もつるつるきれい。いらない枝は落とされて、地面にすうっと光が届いて、ずっと前から待っていた、種がむくむく伸びゆくぞ。春よこいこい、晴れろや、はれろ。張るぞ、はれるぞ、わあが芽。

にじみ

２０１４年３月

今までいったい、どこを見ていたのだろう。これほどまで細やかに、季節が移り変わってゆくなんて。季節が４つだなんて大雑把もいいところで、二十四節気や七十二候などの分け方があるように、ほんとうに細かく毎日変化していってる。

枯れ尽くしてすっかりくすんだ茅が、ある日突然、最後の灯火とばかりにわあっと黄金に輝き出したり。桜の木の、葉がすっかり落ちて寂しい感じが、枝だけどんどん赤々と染まって、そこら中もうピンクの枝だらけ。山から流れる水の色が蒼々と変わったり、土がほくほくし出したり、風の音と鳥の鳴き声が重なりあったり。めまぐるしい小さな変化が山積みになって、そのうちに「ああ、たしかに春だ」と確信する。ちっとも見てなかったなあ。

◎

都会は情報量が多いって言われるけれど、むしろ少ないと思うようになった。物の数は多いけれど、情報の幅が狭いというか、限られた方向を向いたものしかないのだなと感じられる。山だとちょっと歩いただけでどどどどどっと水平にも垂直にも命があふれていて、毎日が、二度と来ない一瞬一瞬が、もったいなくて忙しい。

「あなたのこの時期の作品はよかったけれど、それ以降は駄目だ」。数年に一度、こういった内容のメールを誰かからいただく。僕もほかの人の作品に対して、同じように思うこともあるので気持ちはわかるのだけれど、歳をとるに従って、いろんな人と出会って、そういうふうには思わなくなった。

皆それぞれ、その人なりの時間の流れがあって、細やかなグラデーションで変化していってる。どこかの地点がゴールであることなんてなく、いつも常に通過点でしかなく、気づきの連続でしかなく、その時の最上を目指して泣き笑っている。そんな中で、一瞬でも誰かと誰かが交わったなんて、もうそれだけで奇跡的で、それでいいやんと素直に思うようになった。そして、その時「わからない」ものは、簡単に否定してしまわないで「今はわからない」とひとまず横に置いておくことにしている。ある日、「最高!」が「色褪せた」に変わったり、「わからない」が「こういうことだったのか!」に変わったりするのだから。

変わってゆくとはいえ、生まれてこのかた、ずっと変わらず追い求めている「これぞ我がいのち」と魂がうち震えるような何かが、ある。どこにあるのか、きっと躰の中にあらかじめセットされているような、春がやってきたのがうれしくて村人も山々も笑っていて幸せだなあと、ピアノでも弾いてやれと包み込んでゆくと、音の波と山の精気が混じりあって、魂がうち震えて、これこれこれのこと、と思ったりする。震える魂自体は同じ気がするけれど、震わせられる条件が毎度違う。だから「こうやればいい」という方程式はなくて、だからこそ何度でもピアノを弾いてみたくなる。

◎

村の人が時折使う古い言い回しや、おばあさんが話してくれる子どもの頃の話や、古い唄の旋律や、今年の春の風が、はじめて出合うはずなのに前からきちんと知ってる感覚が、やっぱりうれしくて、どうしてもそういう方向に興味が、人生が進んでゆく。村に越して、ぐぐぐっと魂を震わすものたちが身近になった気がして、それでわくわくしてせわしない。

◎

せわしないと言うと、村に越してから、仕事の合間を見つけては家や畑の手入れをしている。陽が出ている間に作業して、夜は本やネットで調べもの。知らないことだらけ、とにかく情報収集。例えば、古民家の壁塗りにはどんな素材がいいのか、どんな手順でやるのがいいのか。調べれば調べるほど、たくさん出てくる出てくる。あっちがいい、こっちがいい、あっちは実は悪い、こっちも実は悪い。結局わからなくなって、とりあえず寝てしまう。そして何も進まない……。

何をするにも「選択」しなければいけないのだ。どれが「一番」いい選択なのか、大勢の意見を追えば追うほど、答えがなくて、ただただ時間が過ぎてゆく。だから、最近はひとまずやってみることにした。やって違ったら別のやり方を試せばいいやん。歳をとってよいことは、完成はないのだなと気づいたこと。ゆえに失敗もないのだな。だから、今日を奏でられたらそれでよい、それがよろしい。

いつか蒔いた種が何かの拍子で芽吹くように、グラデーション、グラデーション、赤ん坊のお前も大人のお前もグラデーション、私もお山もグラデーション。とっぴんぱらりのぷう。

ちからのなみ

１００度のお湯と０度の水。相反するものが出合うと、何が起こるのだろう。混ざりあわずに、アチチッ！　と冷たい！　が行ったり来たりしてもいいのに、熱湯と冷水は次第にお互いの中間点（ぬるま湯）に落ち着くらしい。しかもできるだけ効率のいい方法で、さっさとバランスの取れた穏やかな世界に辿り着きたいから、それで対流が起こったりするらしい。

古民家は寒い。うちの家は天井を取り払ってしまっているので、なおさら寒い。寒いのでストーブに火をつけると、家の外からすきま風が、屋根裏から寒気がびゅうぅっと吹き込んでくる。ストーブの周りは暖かいけれど、暖かい空気はすぐに上に逃げていって、代わりに上から寒い空気が降ってくる。ぐるぐる空気が回り出

２０１４年４月

して、部屋の温度はゆっくりと穏やかに落ち着いてゆく。

◎

山に引っ越して、いろいろな変化があるけれど、例えば、食べるものに気をつけたいと思うようになった。まだ畑をはじめたばかりで、なんにもわかっていないけれど、無農薬・無肥料で育ててみたい、そう育ったものを口にしたい、自分の躰にしたい。山と共に暮らしていると、そう思うようになった。

畑をしている人に聞いてみると、「虫に食べられるし、農薬は少しは使わんと。そんで、やっぱり肥料も使わんと育たへんで」と返ってくる。ところが、本などを読んで調べてみると、「肥料を与えるから虫が食べにくる」と書いてあったりする。どうやら肥料に含まれる窒素などの栄養分こそが虫たちのお目当てらしい。微生物や虫や動植物たちが時間を掛けてつくり上げた環境に、急にどっぷり盛られる肥料は、やはりおっかなびっくりなもので、最初の水の喩えだと、0度の環境に100度のお湯が急に降り注がれたようなものかもしれない。自然は急いでバランスを取り戻そうとして、一気に、肥料を、肥料で育った野菜を虫たちが喰い尽くす。

野菜がおいしいから虫が湧くのではない。大自然の均衡を保つために虫たちが活動する。自然にとっては、肥料は過剰なものでしかなく、毒のようなものかもしれない。『風の谷のナウシカ』の蟲《むし》や腐海は、人間には忌み嫌われる存在だったけれど、実は人間が汚染した土と水を、いち早く正常に戻そうとしていた。穏やかな世界を保とうとする力。世界をよく観さえすると、至るところでそんな力が働いているのだろう。

耳を澄まして、躰でよく聴いてみる。ピアノの調律を教えてもらった。例えば、「ド」と鳴らしてみる。先入観を捨てて、ただ響きに耳を傾けてみる。「とっうぉぉおお～～ーー」と音の振動、音の波を感じ取れる。次は「ソ」を鳴らす。さっきより早い波「つぉおお～ーー」。今度は、ドとソを同時に鳴らしてみる。「どぅお～～ーーぐわ～～ん、ぐわ～～ん、ぐわ～～ん」と音の波が揺れながら広がっていく様子がよくわかる。

◎

ここにも最初の水の話が起こっている気がする。ふたつの音はもともと違う波を持っていたけれど、ふたつ同時に鳴ると、ゆったりと混じりあって穏やかな音の波に落ち着いてゆく。まるで黄色と青色を混ぜると緑色になるように、もとのドでもソでもない、なんとも「あたらしい」波が生まれてゆく。試しにドとファを鳴らすと、さっきよりも早い波で「どぁあ～ーぐわん、ぐわん、ぐわん」と波が円を描く。さらにドとファとソを同時に鳴らしてみると、「どぅいおん～ぐろろぉん、ぐろうぃん、うぃん、るるる……」と螺旋を描きながら波が昇ってゆく。たくさんの音が出合って「何があたらしく生まれたか」に注意を向けると、音の楽しみ方が一気に飛躍する。そういうものの見方は、土や微生物や虫や野菜の関係をじっくり観ているのと、きっと同じなんだろう。

同じ耳で、家の周りにあふれる音を聴いてみた。鳥、虫、風、草花、木、うん、穏やかで素晴らしい。ただ、小川の音が気になった（実は、昨年の夏からずっと気になっていた。誰も気にしない微かな音だけど）。どこからか低い音で「ごうおおお」と唸っている。少し怖い。何か周りと調和し切れていない感がある。

音の出どころを探ってみると、やはり問題あり。小さな滝にやられて川底に穴があいて水が潜り込んでいる。石で埋め埋め、小石を積み積み。すると、「ぴちゃぴちゃ、とととと」という小気味よい高い音に変わった。ああ愉快。自分の手で環境の音を変えてしまった。きっとこれから、周囲の音もつられて変化してゆくのだろう。窓を開けてピアノを弾けば、鳥が真似して歌い返してくる。

◎

何かと何かが触れ合ったり、強烈な何かが急激に現れると、いち早く調和のとれた穏やかな状態にしようとする力が働くみたいだ。それで時には、虫だったり、すきま風だったりと、ありがたくないものを呼び寄せたりもするけれど、人間中心ではないもっと大きな視点から見渡してみれば、とてもありがたくてあたたかくて優しい力なんだと思う。

ならば、そう、世界をありのままじっくり観察して、過剰な間違いを起こさないように、試して、学んで、見極めて、バランスを崩さないように、慎重にていねいに。ならば、そう、思いきって、動いてみる。思うことのありったけ、やりたいようにやってみる。もったいぶってないで、同じなら、相手を何かを歓ばせる方向にあふれさせる。たくさんの力が働いて、穏やかさが生まれて、あたらしい関係が、あたらしい力がすっと芽生えてゆく。

ずどどどどどどっ、、、、どぅうぃういぃいぃん、、、、わあぁぁぁぁぁん。。。

すで

暖かい日が続いて、雨が降る度に、どどっと命がふくれ上がる。ふくらはぎにも届かなかった草花が、あっという間に腰の高さまで伸びきって、重さに耐えきれず頭を垂れる。春に小さく芽吹いた時には踏みつけてしまうのにも躊躇したけれど、このままでは緑に埋もれてしまうので草刈りをする。よもぎ、三つ葉、ニラによく似たのびる、ゆっくり手鎌で刈っていると、おいしかったり薬になってくれる植物と出合う。どの虫がどの植物によくいるのか、どの植物の隣にどの植物が生えているのか、この植物が生えているのなら似たような野菜の種をこの辺りにおろすと育ってくれるかもと、たくさんの気づきがある。

刈った草花は、そのまま畑の畝《うね》に盛ってゆく。さっきまで咲き誇っていた草花が、枯れて、屍になって、今度は別の植物を育て出す。畑の周りを刈っていると、不思議な気持ちが湧いてくる。刈った植物の量が、ちょうどそのまま畑に必要だった量なのだ。多過ぎず少な過ぎず。畑全体に美しい屍が広がっている。これ以

２０１４年３月

上多かったら処理する場所に困っただろうし、少なかったらどこか別の場所から刈って持って来ないといけなかった。ちょうどいい量の草花がすでに用意されていたのだと思うと、目の前の景色が今までとまったく違って見える。意思を持った大きな命の塊がここにある。

◎

裏山でも同じことがあった。三面コンクリートに施工された川、ただただ水がスムーズに流れて去ってゆく。生き物が棲まう環境に少しでも戻せないかと、川の横にある山の斜面から石を運んでは川底に敷き詰めてみる。そう、斜面にはなぜか石がごろごろしていた。石を見つけては拾っているうちに、ああ、山というのは石を生んでいるのだなと気づく。

ある日、ぽろりと石が山肌から生まれてくる。数日かけて石を運んだ結果、石だらけだった斜面では石を見つけるのがすっかり難しくなり、代わりに、人工的な川底はしっかりと石で埋め尽くされた。激しかった水の流れはゆるやかに、アメンボ、カエル、トンボ、イモリたちが長閑《のどか》に暮らしはじめた。斜面にあった石は、きっと川底に行きたかったのだ。すでに用意されていたのだと感じた。

「美しくありたい」「美しさと共にありたい」。山に越して湧いた一番の心持ち。

午後、シュロの皮を剥いでみる。赤茶色、黄土色、灰色、たゆたうようなグラデーション。縦糸と横糸で編み込まれた美しい木の皮。

◎

この辺りには鹿や猪や猿がやってきて、油断をしていると野菜などあっという間に食べ尽くされてしまう。畑の周りに柵を巡らす。柵といってもさまざまある。漁師網を用いた柵、金属の柵、電気が通っている柵。どれもしっくりこなかった。そうだ、庭に剪定した大量の枝が積み重なって枯れている、これを縦横に編み込んで木の枝の柵をつくろう。丈夫で、もともとそこにあったものだから景色と馴染んで、壊れても土に還る、最高に美しい柵だ。

柵のつくり方がわかると、壁のつくり方がわかった。壁のつくり方がわかると、屋根のつくり方がわかった。そうか、昔から人は、周りにあるものでつくっていたのだな、暮らしていたのだな。今日は畳一枚分くらいの小屋をつくってみた。まだ骨組みだけで完成していないし、とても華奢だけれど、もうすでにここにあるもので何かをはじめるのはとても心地がいい。つくってもいいと、何かに言ってもらえているような気がしてくる。

ちから

2014年6月

鹿児島にある知的障がい者支援センター『しょうぶ学園』に行ってきた。ここを利用されている方々のつくる絵や陶器や服や音は、子どものそれにも似て、とても力強くて自由で気持ちがいい。彼らの絵を見ていると、画材屋に並ぶ色とりどりの絵の具を見ている時の、あのワクワク感が湧いてくる。ひとつひとつ美しい素材が並んでいる感じ、ここから何かあたらしいものが生まれてくる感じ。多くの完成された作品や製品を見ている時には感じない特別なものだ。「ここですでにとびきりに美しいし、ここから何にでも変わりうるし、細かなひとつひとつすべてが輝いている、完成しているのに完成していない、組み合わさっているのに組み合わさっていない」。

それが美しいのは、世界がほんとうはそう在るからなんだろう。ああ、どこまでも、素人で、どこまでも、素材のままの美しさを保ちたい。

◎

ある人いわく、「玄米を200回噛んで食べる。砂糖をとらないようにする。そうしてると、躰の神経の伝達が整って、いろいろなことに敏感になる。かみのとおるみち、と書いて神経っていうんだな」。

◎

イメージできたことは、だいたい実現される。この人に会いたいな、いつか会うだろうな、と

想っていた人とは、だいたい出会うものだし、こういう暮らしがしたいなと想っていればそうなる。今、僕が山の村で暮らしているのも、ちょっと前の過去に僕がイメージしたから、そうなっている。このイメージの力ってなんなんだろう。想像して、望んで、引き寄せる、もしくは自ら近づいてゆく。

ある春の晩、家を出る時に「あっ、今日は鞄を持っていったほうがいい。でないと財布を落とすだろうな」と予感が走った。目の前にちょうどいい鞄があった。にもかかわらず、なぜか鞄を持たずに、ポケットに財布を詰めて出掛けてしまった。案の定、はっと気づいた時には財布がない……。虫の知らせの第六感メッセージを受け取ったのに無視したから財布をなくしたのか、はたまた、「今日は財布をなくすよ〜」と強くイメージしてしまったから、そのとおりになくしたのか。善きにつけ、悪しきにつけ、イメージしたように現実は流れていくのかもしれない。

◎

どばばばばぶぶぶぶぶ。誰もいないはずの山から、激しいエンジンみたいな音がする。蔵の掃除をほっぽり出して、慌てて空を見上げてみる。ちいさい粒粒……虫？　ああ、虫だ！　大量の虫が集まっている。一斉に卵からかえったのか、とにかく大量に飛んでいる。げっごっがががががが、今度は川から蛙が大合唱！　暖かくなったので、いのちが大発生しておるのかなと呑気に過ごしていると、空から冷凍庫でつくる氷くらいの巨大な雹《ひょう》が、ズドドドドドッと降ってきた。さっきまで綺麗に咲いて、なんて美しいかなと愛でていたツツジや紫陽花がボキボキに折れ飛ばされてゆく。庭中、山中、草花が粉々に吹き飛んでゆく。どうしようもない自然現象がずっと続いて止められない。この世の終わりかと、ドキドキした。

20分ほどで止まったか、ようやく外に出てみると、むはっと緑の匂いが立ちこめている。そこら中に折れ吹き飛んだ葉や枝が、砕け散った氷が。まるで、竜巻が過ぎ去ったあとのよう。急いで畑に下りてみると、ほぼ全壊。幹という幹が折れ曲がり、葉という葉に穴が開いて。さっきのさっきまで、豊かに実っていた畑が一変、見るも無惨な荒れ地と化した。「今年は諦めよう」、夫婦で話し合った。村の人も「あそこまで折れてしまったら一から植え直さないと無理やわ」。でも、なんだか予感がする。幹だけになってしまったトマトも、ズタズタに折れ果てたジャガイモも、ここからが本番でないだろか。

一本一本、まっすぐに起こして、周りの土を固め直して、刈ってきた雑草で暖かい寝床をつくるように周りを覆った。水をやりながら、「おおい、これからが本番やぞ。一緒に起き上がるぞ。一緒やぞ」と話しかけた。くたくたになるまで修復をして、どたっと地面に座り崩れた。ふとトウモロコシを見やると、5本の中で一番小さなトウモロコシが風もないのに動いている。ぬぬぬ、ぬぬぬぬ。一緒に起き上がろうとしている。

よく晴れた朝、妻と畑を見てみたら、倒れて駄目になった野菜たちが、すくっと天に向かって伸びていた。折れた幹から、小さな芽が続々と出てきてた。

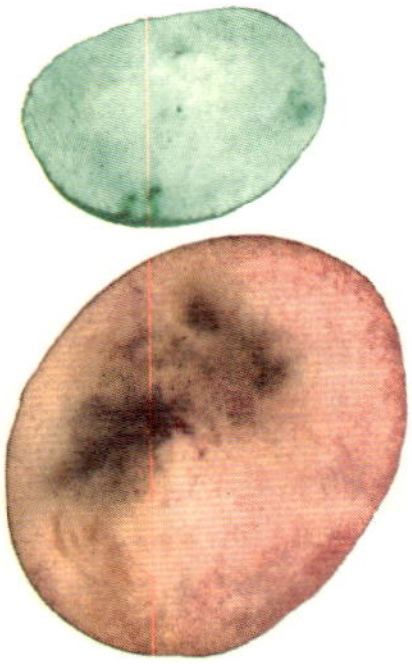

にねんめ

僕のことを穏やかで優しいと思っている人は、その人も穏やかで優しく接してくるし、僕をおもしろくてふざけていると思っている人は、その人もふざけて接してくる。疑い深い人にはこちらも疑って接するし、せっかちな人にはこちらのスピードも速くなる。僕が怒っていると相手も怒りたくなるし、泣いていると泣く、笑っていると笑う。人だけじゃなく、信頼していたらピアノはよく鳴ってくれるし、いろいろ文句をつけていたら鳴るものも鳴ってくれない。

相手に何かを求めるなら、先に自分の心と躰でその希望を実現してしまえば、自分にとっての相手はそのようになってくれる。

ゆびさき

2014年7月

せわしなく、ゆるやかに、1年が経ちました。こんな山深いところで生き物に囲まれて寝起きするなんて、命に圧倒されてあたふたしたものですが、さすがに染みついてきました。細やかな季節の移ろいの中で、生き物たちのダイナミックな佇まいが、確かに躰に入ってきました。

◎

町に住んでいた頃は使わなかった躰の動きもたくさんで、草刈りや縄縛りやら、朝起きると手がどんより重く、閉じたり開いたりがうまくいかない……。ピアノを弾くので、これはまずい、手を使う作業をひとまず休みにして、指や手をほぐしていると、どうやら腕、肩、背中と躰全体が手と同じように前屈して固まっていることに気づく。蕾のようになっているので、花開くように躰中いろいろな個所を反ってやる。背骨や肩甲骨など、おおもとになっている部分を反って伸ばしてやると、末端にある指や手は勝手にゆるみ出した。ああ、そうか、やはり部分ひとつで成り立っているわけがあるまいな。いろんなものを味方につけての、指のひと振りだったな。

躰を包む、やま、そら。それと繋がってはじめての指のひと振りだった。心もおんなじで、凝り固まってしまった時は、おおもとの魂をゆるます必要があるのだろう。

久し振りにぼんやりと、山から離れて、夕焼けに染まる海のただ中に躰を浮かべた。たぷんたぷん。百億千万の命の波が、六十兆の細胞と轟いて、水の中ふかく淡いあわい、やまとうみの唄を奏でておるよ。

曲がうまれる時、ぱっと光景が広がって、その景色にあってもおかしくない音を奏でていくと、曲になる。時々は、歌ってみたりして、同じようにその景色にあってもおかしくない言葉を奏でると、歌詞らしきものがうまれる。

◎

春のとんでもなく命があふれた風の中で、ピアノを弾きながら歌ってみると「とんていしゃんゆめらかれし　とんせいしゃん……」となっていた。おそらくこの辺りに正解があるのだけれど、まだしっくりきていない部分があって「とんていしゃん　ゆめはらめし　そんれいたん」などと、少し言の葉を付け替えてみて、また違うなと戻ったりして、いつかしっくりと景色の中に自ずから立っている木になるように、ゆるやかに、こちらはただ音の葉に耳を澄ましてゆく。

きっと、なんでもそうなんだろう。畑だってそう。虫がついたり病気になったからと慌てて薬を振りかけなくても、よくよく見ていたら植物や虫を取り巻く、もっと大きな世界の流れが見えて、その流れで泳げればそれでいいのだと。

2年目は、何をしようか。前の家から持ち込んだもので、馴染むものと馴染まないものがわかってきた。節目の今は、ひとまず整理をしながら、よりこの山と馴染む方向へ。この指先が、山の精氣の指先になる方向へ。

ゆうたいりだつ

2014年9月

2回目の山の夏。やはり、カビました。今年はじとじと雨続きで、アルバムの制作とも相まって生活を疎かにしていたら、そこら中、カビました。

カビるのは、木を使った家具、それもあたらしい木材を使っているか乾燥した国（インドなど）から来たもの、こういうのはカビます。柿渋を塗っただけの木は大丈夫。ここにずっとあった古材は大丈夫。ということは、ここで何年も使い続けていれば、木が環境に馴染んだり、カビが欲しがる栄養分がなくなって、いつか大丈夫になっていくのかな。

ほかには、竹もまったく駄目。古い竹もぎりぎり。竹籠とか古民家にぴったりなのに、カビる。革はもちろん、強烈にカビまくります。革製品を箪笥にしまったら大変です。カビて、ほかの衣類も全部カビ臭くなるので、革は家の外に干しっ放しにしておきます。そう、家の外に置いておくとカビない。まあ、カビてしまっても天日干ししていたら、大半はもとに戻ります。黒カビなど根っこがしっかり張り付いたものは、諦めなければならないものもありますが……。

意外にもアウトドア用品のビニール製品（リュックとか）は、一度カビのにおいがつくと洗っても干してもとれません。そうなったら、ひたすら何日も外に放置します。いつしか無臭に戻ります。ううむ。

◎

そういえば、バリ島も湿気が多いところでしたが、彼らの住まいにはほとんど壁がなかった。日本の渡り廊下のような、柱と屋根と床だけの空間が大部分を占めていました。どこから家の中でどこから外なのか、曖昧だからいいのだろうな。風や湿気が滞らないのはもちろん、自分の空間が「ここまで」と決められず、どこまでも外に延びて、太陽や風や雨や山と自分が溶け混ざってゆく。

お日様の下で、素っ裸になって寝転んでみる。太陽が躰に入ってきて、芯からぽかぽかしてくる。風に触られて、身も軽やかに今日の踊りを舞います。雨に打たれて、わさわさと血が巡りめぐる。窓を開け放って演奏したならば、ピアノじゃなくてお山を演奏しているよう。何かと何かを分け隔てるのをやめるだけで、なんだか病気にならず、元気でいられそうな気がします。

◎

と、文章を書いていたら妻の友人が子どもを連れて遊びに来た。4歳のユウちゃんと山で柴を刈ったり夏野菜の残りを収穫しているうちに馴染んできたので、スタジオに太鼓や木琴や笛をたくさん並べて一緒に演奏。ユウちゃんの歌や演奏を支えるように音を鳴らしていたけれど、そのうちにユウちゃんが盛り上がってきたので、これはもう「ユウちゃんになったほうが楽」なことに気がつき、自我の枠をなくして4歳児の枠にふわりと入ってみた。ドッドンドッドドン！　彼の顔つきが変わってごわわおおぉん、素晴らしい音のうねりが生まれた。

にやり。一人ずつでは鳴らせない音楽。あ、そうか。普段から自分の中だけで音楽がうまれたり、素晴らしいことが起こったことなんて、一度もないと気づいた。自分の枠を取り払って、はい、そこから何かがうまれる。

はるなつあくふゆ

2014年11月

朝、目が覚めると、窓の外いっぱいに広がる植物たちが飛び込んでくる。少しずつ変化していて楽しい。

冬には落ち葉と土だけだったところからあたらしい芽が出てきたかと思えば、あっという間にほかを追い抜いて巨大化してしまうススキや、初夏に美しい花を咲かせたシャクナゲ（村の人は大切にしている）、夏はふさふさと元気だったシダ植物が寒くなって徐々に色づいて、今はもう枯れだした。そこに朝日が飛び込んできて、かっと植物の今日の命が輝き放たれる。蓄積されてゆく移ろいに圧倒されて、毎朝15分は毛布にくるまりながら「わあ、綺麗やなあ。あそこが黄色くなってきたね。あのつるは、自然薯じゃないやろか」と妻と話したりする。

素晴らしい月が出た夜、いつも見ていた植物たちが所々青白く光っている。なんだろうと外に出てみると、

大きなケヤキの木漏れ日ならぬ木漏れ月だった。

◎

昨年は、秋をあまり味わえなかった。めまぐるしくて気がついたら冬になっていた。だから今年はよくよく味わおうと思っていたけれど、やっぱり秋とはなんぞやがよくわからないまま過ぎ去ってゆく。

確かに山々は朱や黄金に染まっていって、そうそう、村の大工のスエさんが「渋柿がたくさんなってるから捥《も》ぎにいくかい」と誘ってくれたのでトラックに乗り込む。千は実っているのでないか。ところが、手を伸ばして届くところにはひとつもなく、長い竹でこしらえた引っ掛け串を使って柿を捥ごうとしてみるも、どちゃっ、空から地面に柿が降ってきては割れて台無し。こりゃいかんと、スエさん、巨大な梯子をあがりあがり、折れやすい柿の枝もなんのその、大量の柿を収穫できた。

家に持って帰って、ひとつひとつ包丁で皮をむいてゆく。実は、りんごの皮むきなど、大の苦手で、やってもらうか、もしくは皮ごと食べていた。目の前に転がる百五十もの柿、これはやるしかない。５つむいた時点で手が痛くなってきた。もうすぐコンサートもあるし諦めようと思ったけれど、そこからがおもしろかった。

気がつけばすべての柿をむき終えて、シュロ縄に枝を絡ませて、あとはお天道さまに乾かしてもらえば立派な干し柿になる。苦手な皮むきは、ちょこちょこやっていたから苦手なままだったのだな。一気に詰めてやってみたらコツがわかって、なるほど、ほかのことでもそうしてみよう。

◎

寒くなってくると、家の下に住んでいるハマちゃんがうちにやってくる回数が増えてくる。春から秋は畑で忙しくやっているのが、急に暇になるらしい。「燃やすもんないかえ」、この前の冬は、庭のそこここで剪定した大量の枝を焚き火しておった。大きな焚き火とおばあちゃん、そう、ハマちゃんだ。

冬になると、街に出ていった息子さんたちのところへ引っ越したいと言いはじめる。今年はお邪魔しにいって草履編みを教えてもらおう。ハマちゃんの子どもが小学校に通っていた頃は、よう草鞋《わらじ》が履きつぶれて、三日に一足は必要やったから、毎晩のように編んでおったらしい。

◎

あき、みちみちる、飽き。運転してると、ぼんっと黄金の花火があがっている。立派なイチョウだ。紅葉した山々に混じって、葉をつけていない枝が白っぽく光ってる。ああ、桜の木だ。春に花が咲く直前には赤く染まった桜の枝が、紅葉の季節には白く輝き出すらしい。僕の目にはそう見える。

あき、みちみちる、飽き、空き、開き、そう満ちに満ちて、破裂しそうなくらい実ったあとは、空っぽになってあたらしいところに開いていく。そう、あたらしい命がもうはじまってる。

◎

「おお～い」、お地蔵さんを背に村に入っていくと、躰の大きなクマさんが赤ら顔で大きな黒犬のフクちゃんの散歩をしておる。「おお～い」と呼びかけると、「おお～い」と両手いっぱい広げて返してくれた。また走ると、稲刈りのあとの田んぼの真ん中で小学生のセイラちゃんが、あたらしい家族の子犬と散歩してる。「やっほ～」と呼ぶと、「やっほ～」と手をいっぱい振っている。

ひとり、村のおばあさんが亡くなった。いつもは少しふざけて明るく振る舞っていたノリさんが、「今日は、うちの母のために集まってもらいまして、ありがとうございます」と少し震えながら、ていねいにていねいに村人に挨拶する。朝、村中みんなで村の入り口に立って見送った。

いつの間にか、僕は村の人たちみんなを大切な家族だと思っている。

やみのおくとひかるおくとまじわる

2014年12月

部屋に入ると、「ほへらそすすせせせ」、宇宙人が喋っておるか、おじさんか、おばさんか、はてさて、ラジオか。誰が喋っておるかと思うたら、湯たんぽの水が、その閉ざされた金属容器のわずかな隙間からなんとか外に出ようと、「ぽしゅしゅわもしゅしゅ」、まるで人の声で引っ切りなしに喋っている。「ああ、歌がうまれ出る時は、歌が、閉じこまった魂の隙間からすすっと漏れ出てくるようで、まったく似ている。湯たんぽも歌っておらるるのだな」。

◎

いよいよ冬がやってきて、鹿の雄叫びや虫の宴もすっかり聞かれなくなった。雪が降ってしまう前に、焚き付け用の小枝を多く拾っておこうと裏山へ急ぐ。

そういえば、こん夏は雨がひどかった。土砂や落ち枝が川に流れ込んで、詰まって、流れをせき止めてしまった。それで行く先がなくなった水たちが、どどっと一斉にあふれにあふれ、別の川道をつくってしまった。村の集会では「おい、この前の雨で、しものどんつきの山がずったじょ。山が動いてしもうたじょ」。山、動く。ぐっと詰まったところから噴き出た力が、山を動かした。

うちの敷地にある小川も、山から石を拾っては並べ、拾っては並べ、ふた月は費やしただろうか、コンクリートで固められ命が棲まう気配がなかったところから、ようやく蟹や蛙やトカゲが棲まってくれる美しい場所になろうとも（ああ、美しい青トンボのつがいが小川で戯れていた時は、どんなにうれしかったか）、この大雨がひと石残らず流し去った。

すっかりコンクリの何もない川に戻ってしまったが、よくよく見てみると、流れ残った石がそこここにあって、周りに苔のような綺麗な緑が覆っている。それを包む水の流れは、とてもゆるやかで、淀んでいるといって差し支えない。そういえば、春に川をつくった時には「流れが淀まないように」石を置いていった。もしかしたら、命は、詰まったところ、淀みから生まれるのかもしれない。

早速、大きな石を探し出しては運び入れて、今度はわざと流れをせき止めて淀みをつくってみた。数日後、覗き込むと、川の水底にさらに川ができていた。泥や落ち葉が溜まって、このままいけば土手が生まれて、春には命がわさわさと開いておるのではないか。

◎

ふと顔を上げてみると、深い青が満天に広がっている。透き通った青空。すごぉぁふぁぁぁ、混ざり気のない透明な大風が谷の底から吹き上げてきた、その瞬間、青空一面に、黄色の落ち葉が、点々天々飛び交っていった。青と黄色のかがやき。命のはじまりは、春ではなく、今、この冬のはじまりに訪れた。

染織家の志村ふくみさんの言葉に震える。

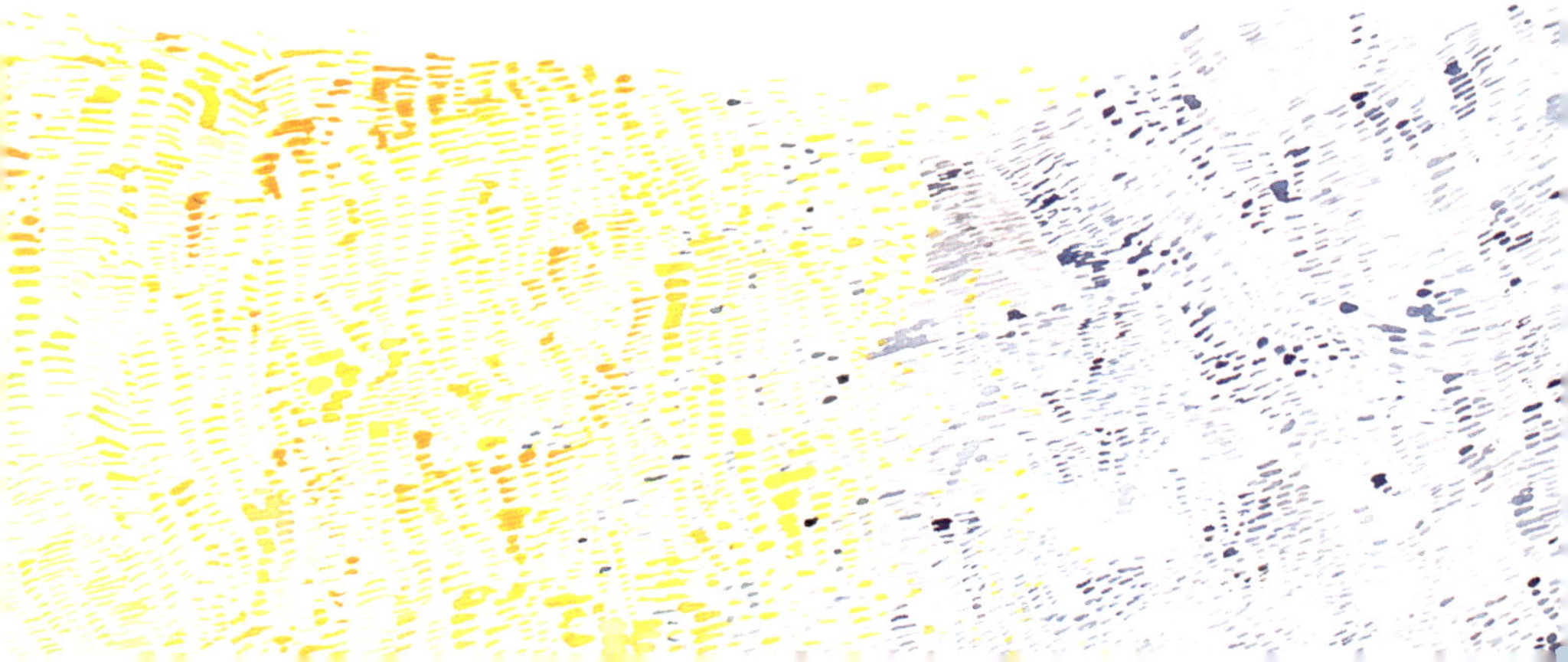

「一番闇に深い青と光から出てくる黄色とが、この世に合体したときに出てくる緑。あれは現世に生命が誕生してきた瞬間じゃないかと思うんです」

立ち上がった藍の瓶に糸が入る。引き上げられた糸が空気に触れるや刹那、なんとも言えない鮮やかな緑色があらわれた。緑はとどまることなく瞬く間に藍色へと変化してゆく。闇のとなりに青があり、光のとなりに黄色がある。闇と光を混ぜると緑が生まれる。

「だから子どもが出てきたときはみどりごなんですね。それが瞬間に赤子に変わっていくんです」

山々の樹々の、その大きな幹に触れてみる。今触れているこの表皮は、死んだ組織の集まりというが、いつ生まれた命だろう。今ほんとうに生きている命は、ぐっと奥で、流れている。見えない内で蓄えられた満ち満ちた力が、この見える世界にあふれ出た瞬間、色が、あの緑色が鮮やかに放たれる。

人がそうであるように、葉も刻々と、生まれ消えてを繰り返している。とどまることなく闇と光が混じり合って放出され続ける命がある。あの輝かしい樹々の緑をそのような現象だと見たい。やがて、その泉のような命の放出がやんで、紅葉し（「みどりご」は「あかご」になり）、次の命のあふれ出にそなえる、いのち殖ゆらす冬がやってくる。億万の闇がごうごうと、億万の光がこうこうと、つがい充ちてまぐわう。

こころこころ

2015年1月

月が、すそそそと音を立てながら、ぐるり地球をまわっている。こまかな水の子たちはピチピチ弾けながら、月のあとを追ってゆく。おかげで、そこらじゅうの海が大きくふくらんで命がはちきれ生まれ、ここらじゅうの海がしぼんでたくさんの命が息を引き取っていった。

月はまた、太陽から遠ざかってまんまるに輝いてみたり、太陽に近づいて真っ暗闇に隠れてみたり、その度に、地の底に根を伸ばしてゆくものや、空いっぱいに枝葉を伸ばしてゆくものたちでこの星は賑やかだった。

◎

母なる宇宙がそのように賑やかでしたので、人の心もとても賑やかでした。ぐっとうずくまったり、ぱあっと伸びきったり、気持ちよかったり悪かったり、うまくいったりいかなかったり、生きているのですからいろいろあります。

とどまることなく明滅が繰り返されるこの賑やかな世界に生きているはずなのに、なぜか一人ぽつり、何かおもしろくないな、不自由だな、重たいなと感じるのがずうっと続いてしまうとは、やはり何かに縛られているのでしょう。よくよく見つめ直してみると、ああ、あの日から私の心を止めてしまったままだった……と気づくのでした。あの時、これはこうだと思い込んだところから、その気持ちを一歩も動かさずに、触るまい見るまいと、それ以上の変化を恐れて心を止めた。

時間は勝手に流れたが、その間も宇宙はあい変わらず賑やかなままで、海はまたふくらみ沈んで、命が吹いては引いていった。固く閉ざしたままの心だけは置いてけぼりで、そりゃあ、一人ぽつりとなった次第です。心を更新すること。こころをころころ、ころころ。

◎

おおきな雪が解けたあと、白く死んだように輝いていた木々の枝が、しっかりと赤く色づきはじめて、そこいらに蕾が少しずつ現れた。音が、ころころ、ころころと鳴っている。鳥が少しずつ歌いはじめた。どうっどうっと音を立てて雪解け水が濁った川底をすっかり洗い流していったし、ずるずる動かされた川の石と石の間に泥や落ち葉が溜まってあたらしい小さな地上が生まれた、うまれた。春になったら草花が出るだろうし、蛙が昼寝するだろう。まだ凍えるように冷たい、このあまりに透明な池に飛び込んで、私は水なのだから、心だって自在に泳ぎたい。

◎

宇宙が生まれたのち、１００億年以上もすっかりそのままあり続けている水の素が、そこここにあって、川の水になったり、私の中の水になったり、あなたの中の水になったりしている。

あなたの中の水が動くと、滝が勢いよく流れ落ちて、たくさんの虹ができた。その時弾けた水の子は、あの日あの時、月追いかけて、海ふくらませ、しぼませて、たくさんのいのち生み出し、たくさんのいのち息を引き取った。死んだ婆さまたちが背負っていたのは、この星をそのように生かしている力そのものだった。

そのとてつもなく巨《おお》きく、ちいさな、百千万億の凹凸のまぐわいの連なりに、ふと、春のあの瞬間のように、わっわっわっと花火のように一斉に弾け飛んでゆく、いのちたちの激しすぎた踊りに、同じように父や母たちもとても素敵な踊りを踊ったのだと。熱くとけるような力が生まれて、月追うた水の子の魂をこそ震わせたなら、それが人の鼓動であり響きであり光だった。

魂というものがあって、私はそれをすうっと、この地に埋め預けて、私などは、あなたなどは、毎夜、違う顔した月を追うのであって。ころころ、ころろろ。ろろろ。ろろ。ろ。

はるよこい

2015年2月

ただいま、映画音楽の制作、真っ只中です。寝ても覚めてもひたすらに曲をつくっていまして、こういう時は言葉がうまく綴れません（普段だって怪しいのに）。とにかく、〝つくる〟という生活に入ってしまったのですが、この〝つくる〟をもう十数年続けていますが、毎度毎度おなじだなぁと思います。

自分で勝手につくる時も、誰かから頼まれてつくる時も、同じように悩んだり苦しんだりうれしかったり。つくりはじめは、ああでもない、こうでもない、たくさん悩みます。こんな感じが楽しいな、こういう気分を味わいたいな、あれこれ探ります。これからやってくる季節を待ちわびるように、ちょっと先の未来を今に引き寄せていくような感覚でしょうか。

そのうちに「あ、これが今年のなんだな」と思えるような言葉や音や色や形などちょっとした要素がどこからかやってきて、まあどうしたらいいのかもわからないので、とりあえず種のように点々と心の中に蒔いておきます。ちょっとピアノを弾いてみては、「近いけど違う」などとふんふん言いながら、集中が切れては川に出かけて石を投げ入れたり、「旧正月が近づいて、いよいよ小さな草たちが次々に出てきたぞ」と足の踏み場に困ったりしてみます。

◎

なんだかんだ、試行錯誤、のたうちまわっているうちに、蒔いておいた種の周りに、その種によく似た別の要素が集まってきていて、それらはあたらしく足したものというより、ずっと自分が持ち続けてきたまだ使ってない過去の栄養で、点だったものが気づけば森みたいになっています。そこまで育つと、自分はその森の中で遊んだり泳いだりできますので、無理せず音を奏でるだけで曲になっていきます。

そこは懐かしいようなあたらしいような、濃密で自由自在な時空です。子どもの頃のように、瞬時にそこにいける日もあれば、何日もかかってしまう時もあります。何をつくるにしても、どんな道を辿っても、そういう時空に入って作品がうまれてくるのはもうわかっているので、いらぬ心配などせず、どんと構えて制作の日々を送ればいいのですが、隣の芝が青く見えて焦ったり、近道をしようとしてみたり、まあ自分にとってあたらしいことに挑戦しようとしているのですから、どうすればいいのかわからないのは当然で、のたうちまわるわけです。

少し作業を進めてみては、「このまま進んでも、ろくな結果にならない」と諦めて手を止めてしまいがちですが、適当でもいいのでとにかく最後までやり切るように心がけています。数日かけたのに「使えない！　失敗した！」としても、その次に出てくるものが望ましいものだったりします。

気持ちばかりが前のめりで空回りして、躰がついてきていない時もありますから、基礎練習みたいなもので躰を整えたら、それだけでうまく進んだりもします。躰が温まっていたら、何かしらうまくいく。「いいアイデアが天から降ってきた」とかそんなこともあるのかもしれませんが、心と躰と魂と、未来と過去と、地球や宇宙や、全部を無理なく身の回りに集めてこられたら、それだけでいいのかなと、あとはのびのび泳ぐだけでいいのかなと思っています。春よ来い。

追伸

「見えないものこそ大切に」というふうに、「見えないもの」が無数にこの世界にはたくさんあるけれど、見ようと思っていない「見えないもの」だってたくさんあります。畑をほんの少しだけどやってみて、表からは見えない土の中のことに想いがいくようになりました。前は土の中は「見えない」世界だったけれど、今は前よりは「見えてる」世界になりました。

たにのはまべ

「勉強しとるんかい」。この村では、仕事をしていると「勉強してる」と言われる。たいていパソコンの画面に向かっているので、確かに勉強しているように見える。それにどんな仕事でも何かを学んでいるので、確かに勉強してる。

前は「仕事で忙しい」とか「仕事せなあ」と思ってたけれど、「勉強してくるわ」と仕事場に向かうと、子どもに戻ったようで、それだけで吹く風が違ってくるように感じる。

◎

玄関先に、もじもじとした気配を感じる。ああ、ハマちゃんだ。ひ孫までいるハマちゃんがえっちら坂を越えて、ほとんど毎日やってくる。「かっちゃん、昨日も遅うまで勉強しとったな。灯りが見えたで」。土間でお茶を飲みながら雑談したり、「咲いた咲いた」のチューリップの歌や「妻と言う字にゃ勝てやせぬ」のお座敷小唄をピアノで練習していく。

2015年3月

ハマちゃんの家に夕食を食べにいくと、友人から電話があったようだ。「今、村の若いもんとご飯食べてるんや。その人のうちでな、ピアノを勉強させてもらってるんや」と、電話越しに鍵盤ハーモニカで演奏を披露。お友達いわく、「それ、どうなん⁉」（褒め言葉）。

ハマちゃんは、地区のグランドゴルフで2位を3年連続獲得するくらい、なんでも一生懸命に取り組む。グランドゴルフというのは、ゲートボールみたいな、玉を転がしてゴールに入れるゲーム。村の人たちの証言では、ハマちゃんは冬の何ものうなった田んぼで、ひたすらパター打ちを練習していたらしい。「ここの大会じゃなくてな、市の大会で賞もらうのは難しいんやで。私はなんべんか獲っとるけれども」。

ハマちゃんは村じゅう散歩するので、村の噂話はもちろん、正月飾りのウラジロや春先のフキノトウの在り処もよく知っていて、「今度、あそこよう見ながら歩いとみ」と教えてくれる。ふわふわっとかわいらしい梅やさくらんぼの花が咲くくらい暖かくなってきたけれど、今冬の最後に柴を集めておくかと、そこいらに落ちている枝を束ねていたら、「ああ、昨日のグランドゴルフで足使いすぎて痛いわ。なんや、柴集めとんのかい。柴刈りいうたらそういうのじゃない。一緒に行くか」とナタ鎌を片手に山に入っていった。まあ、なんとするする進まれる。

「30年ぶりほどに柴刈りに来たわ。昔は山に入って手ぶらで帰ってきたら怒られた」。さくっさくっと山ツツジの枝を切り集めて、紐で結んで束にしていく。僕たちがいつもつくってる束の倍ほども長くて重い、そして美しい。持って下りるのもひと苦労、と思ったら、ハマちゃん、それっと足で束を転がし、たたたたっと急な坂を駆け下りていった。花柄のもんぺの後ろ姿が、春の小さな花たちと交じって、軽やかな子どものハマちゃんを連れてきた。

◎

「ただいまあ」「おかえり」。採ってきた柴で火を熾して、風呂を沸かしご飯を炊き、空に上った煙が満天の天の川に橋を架ける。太鼓の音が鳴り渡る。はやる足で、いくつも峠を越えて、となり町の祭り、夜通し踊って、素敵な出会いがあった。この山奥で何十年も暮らすというのは、どういうことなんやろう。

もう少し暖かくなって畑がはじまったら畑につきっきりであまり来なくなるけれど、冬といったら、やっぱりハマちゃんが手を後ろで腰のところで組みながら、もじもじとやってくる。「上を見たらな、あんたんとこの灯りが見えるやろ。あれ見るだけでホッとする」「いっぺんでいいからな、一日にいっぺんでも人に会うと、それだけでやっていこうって思う」。

ぐるり

2015年4月

Q1 春ですね。今、どんな種が蒔きたいですか。

野菜はもちろん、命の種を蒔きたいのは当然ですが、例えば、ひとつ曲が出てきた時、「すぐにでも蒔いておきたいな」と思います。

音楽って、奏でたり録音したり楽譜にしたり、いろいろな状態がありますが、はじまりのはじまり、曲がすっとうまれる時、何もなかったところに旋律がすっと立ち上がってくる時は、やっぱりとても特別です。想いや記憶が音の中に、ぎゅっと凝縮されていく感覚があります。空気中に想いや記憶が漂っているのでしょうか？

誰かの記憶、何かの記憶の粒が自分にぎゅっと集まってきて、僕はただピアノを奏でて、口ずさんで、「ああ、いい曲だなあ」とうれしくなって「ありがとう」と口に出して終わります。それが作曲というもので、だから「種」と聞くと、作曲のことだなと僕は思います。

Q2 そのためにどんな準備をしていますか。

やっぱり躰に入ってくる諸々が、自分になっていくので、何を躰に入れるかは気をつけています。

口に入れるものはもちろん、目に入るもの、耳に入るもの、鼻に入るもの、皮膚から入るもの。単調なものでなく、豊かなものが入ってくるように。

Q3 そのことに関して、最近何か気がついたこと、気になること、目に留まるものなど、いろいろあると思うのですが、いくつか教えてもらえますか。

たくさんの細やかな生き物がいて、たくさんの種類の草花が賑やかに育っていて、たくさんの虫がいて、たくさんの命、たくさんの香りやたくさんの色や動きがある。こう書くと、ほとんどの人が「素敵だな」と思うはずですが、実際には多くの人がそういう状態を「雑草」と呼んだり「雑菌」「害虫」と呼んだりしています。

景色が見渡せる高台にお墓が整然と並ぶ霊園と呼ばれる場所があって、ふと、あたらしい家々が並ぶ住宅地を見てみると、同じように高台にずらりと家が並んでいる。お墓参りにいくと、墓石の周りに生えてきた草花をすっかり抜いて、それで「すっきりしたね」などと言っていましたが、子どもの頃から僕のお墓だったら嫌だな、生えたままでいいのになと思ってました。ですが同時にそういう考え方や生活が、生まれた時から身の回りにあって当たり前で、自分が育った高台の新興住宅地をいとおしく思っていましたし、すべてが懐かしい故郷です。

引っ越した先の今暮らしている村は、生まれ育った住宅地とはまったく違う環境で、たくさんの命が複雑に絡み合っています。越してきてよかったなと毎日楽しいです。

Q4　その種には、どんなもの（こと）が栄養になりますか。
その栄養は、どこから持ってきますか。

普通のこと、ささやかな日常。

村のおばあちゃんと、おもしろおかしくおしゃべり。

春の山の実りを、少し分けていただくこと。

猫がのんびりしてること、妻が楽しそうにしてること。

Q5　今、暮らしている場所のまわりは、最近どんな音がしていますか。

今年の春は静かです。鳥が少ないのかな。少し寒いのかな。蛙が歌いはじめました。

そうだ、さくらんぼの花に集まったミツバチたちの羽音が、
脳をかき回されるようで凄かった。

これからさくらんぼが実ったら、鳥がたくさん歌います。

オスのクマンバチがメスを求めてホバリングをするので、そこら中、羽音だらけになります。

恋の季節、愛の歌であふれます。

Q6 今日、目に飛び込んできた
季節の変化はどんなことですか。

久しぶりに下りた畑の溝にイモリが数匹。
夜、車のライトに横切る蛙。
満開になりそうな八重桜を摘む妻、
花山椒を摘むおばあちゃんのもんぺ姿。

Q7 春から夏へ、晴れた日は何を、
雨の日はどんなことをしたいですか。

晴れた日は、川に石や土を運んで川を整えたい。
雨の日は、川の石が流れてないかチェックしにいきたい。

いまはのきわ

2015年6月

　ここのところ、ピアノ弾きの公演が続いています。それも一人で弾くのではなく、笛吹きや太鼓叩き、歌うたいや足鳴らしの方々と一緒に奏でています。一応、事前にリハーサルをしますが、よくあることですが、リハーサルがとてもいいのです。演奏に気負いがなくて弱い音で演奏しているので響きが美しい、さらに、マイクやスピーカーを使っていないので、純粋なそのままの音の波をたゆたって、ああ、なんとかこのままをお客さんと味わえれば……。と、この文章を書いている翌々日にライブがありますので、早速、スピーカーを使わない時間をつくってみようと、今、企みましたので、わくわくしてきました。

　一期一会のものの舞台に立っていると、どうしても「反省」がつきまといます。よくなかった点を次はこうしよう、ああしよう。反省して次に活かそうとするのは大事なことかもしれませんが、思い返せば、反省点を活かせたことなんてあったのかなとも思います。

　舞台に立つと、そんなことを考えている間もなく、次々といろんなことが起こります。奏でた音に対して次に何をしようか、お客さんがつくり出す雰囲気も刻々と伝わってきますし、とにかく頭で考えている暇はまずありません。思ったと同時に躰が動いてしまっているくらいでないと、とても追いつきません。

過去に失敗した何かを改善することなんて、そもそもライブの目的でないですし、目的というか、挑戦すべきは、その瞬間に飛んだり乗っかったり潜ったりすることだけです。それは舞台でなくても、作曲する時も同じで、今まで体験してきたことや目の前にあることを、今のここに集めて凝縮して一気に放つ。

例えば、これまでに知っているすべての風を、ぎゅっと自分に集めて、たったひとつの音に、ぽおおおおぉぉぉぉん。その一音に心震えたなら、そこからていねいに次の一音、次の一音と広げていく。はじまりに感動がないのに広げようとしても、うまくいくものではありません。ひょいっと、うっすらと、瞬間瞬間でやってくる波というか気配というか、そこに勇気をもって思い切り乗っかればいいだけなのですが、毎回、同じ波が来てくれるわけではないので、その日その時の挑戦になります。

なかなか難しい日、はじまりから調子がいい日、一瞬だけよい日、いろいろあります。決まったことを奏でればいいわけではないので、その日の何かをつかめるかどうかだけが問題なのです。そもそも、生きることが、瞬間瞬間の挑戦であり歓びなのですが。

◎

『しょうぶ学園』の音楽集団「ｏｔｔｏ＆ｏｒａｂｕ」と、この1年、何度か一緒に奏でましたが、先ほどありがとうのお手紙が届きました。そこにこんな素敵なことが書いてありました。

「淡路島では、再びご一緒させていただくことができとてもうれしく思います。メンバー（知的障がいがある演奏者）もスタッフも、高木さんと打ち解けてとても楽しそうでした。こちらへ戻って数日し、メンバーと会った際に『ライブ楽しかった？』と聞きました。『うん。今日のお昼は○○だよ』と返ってきました。ほとんどのメンバーが、今のこと、もしくはほんの少し先のこと（数時間後のお昼ごはんとか）。私たちはつい、思い出にして懐かしんだり、振り返ってみたり、キレイにしたり、反省したりしますが、メンバーはやっぱり『今』なんだなと改めて感じた出来事でした。

時間は常に流れ、ただ過ぎていき、その瞬間だけがあること、どんな瞬間もかけがえがないなあと思います」

◎

今よりも、ほんの少し先、ほんの数秒先の未来に、わずかな、あたたかな兆しが、いつも常にある。ピアノを弾く時、やっぱりまだ奏でていない次の音が頭の中で鳴っている。その音をほんの少しあと追いして奏でていく、そんな日はうまくいく。

今日、ノコギリで2本、木を切った。バキバキッと音を立ててズドンと倒れた。とても持ち上げられない重さなので、さらに細かく切り分けていく。ふと、何か予感がしたので、数歩後ろに下がってみた。その瞬間、凄まじい勢いで木がうねりながら跳ね上がった。さっきの場所に居続けていたら、重い木に挟まれていたかもしれない。さらに予感がして、振り返ってみたらやっぱり虹が出ていた。ちょっと先の、未来の自分が、すでに体験してくれて、こっちこっちと招いてる。

今の連続で、ついには今が終わる時が来るとして、それまでどれだけ兆しについてゆけるかな。

なついちばん

２０１５年７月

どっしりずっしり、水が漂っている、どこもかしこも、手のひらを宙に扇げば、水が掴めそう。出張が続いて、１週間ぶりの家に帰ってきた。草花が伸びに伸びて行き場を失い、重い頭が垂れ下がっている。玄関の鍵を開けながら、久しぶりの嫌な予感がする。ガラッと戸を引いた瞬間、もはっと、ツーーーン……ああ、カビの臭いが充満している。家中の窓を開け放って、洗えるものは洗って、干せるものは干してゆく。

３度目の夏で、さすがにこちらも慣れてきた。湿気が多くなる前に、家中あらかた掃除をしておくよう心がける。確実にカビてしまう物は持たないようになったし、前はカビていた物も環境に適応してきたのかカビなくなってきた。何にしても、カビをそこまで恐れなくなった。思い返せば、以前はただカビを嫌悪していた。つき合い方を知らなかった。

◎

畑に行くと、こちらもしっちゃかめっちゃかになっていた。ようやく芽が出たかわいい野菜は、周りの草に負けて消えかかっている。実がつきかけた野菜たちも支えがないので重さに耐え切れず、よじれたりバランスを保つために極端な方向に枝が伸びて、ややこしい姿になっている。

ひとつひとつ手でやっていると、あっという間に一日が終わって、それでも育てていた苗が次々に大きくなって早く畑に定植しなければ、あっちの支柱をつくらねば、こっちの支柱が足りなくなったので竹を切りにゆかねば、生長が止まってしまったみたいなので土寄せしてみるか、あっ間違って野菜の茎を折ってしまった、などとあたふたしている間に夜が来て朝が来る。

野菜が育つ畝と育たない畝がある。今まで、土ばかり見ていて気づかなかった。見上げてみると、周りに生えている木々が大きくなりすぎて、そこらじゅうが影になっていた。高枝バサミやノコギリで太陽の道をつくってゆく。ケヤキの木がひとつの根から3本、これを切れば畑の大半に光が届きそうだ。村の人たちの見よう見まねで、ノコギリをゆっくりと木にいれる。メリメリッ、どっ、ごをぉぉぉぉおん、ず〜ん。順調に2本切り倒せた。景色がすっと変わった。

最後の大きな1本を切ろうとした時、「それは今日はやめとき。大きすぎるわ。村の人とやろう」と妻。すでにノコギリの刃が幹に少しだけ入っていて、その中途半端につけてしまった傷が、きちんと切ってしまうより痛々しく思えて、最後まで切ってしまおうか迷ったけれど、その日はそのまま作業を終えた。

それからしばらく畑で忙しくしながらも、頭の片隅

で切りかけた木のことが気にかかる。手鎌で草を刈っていたら、大きな雨が急に降ってきて「早くしまわないと」、ジュッ、鎌で小指を切ってしまった。軽く切ったことはこれまでにもあったけれど、今度のは深い。診療所にいって、ふた針縫ってもらった。怪我がようやく治ってきた頃、村総出で草刈りをしていたら、ずぼっ、ガンガンッ！　ドン！　腕が折れたかと思うほど、頭も打って、気がついたら背丈ほどもある深い溝の底に尻餅をついていた。

立て続けの怪我。呆然となった。病院からの帰りしな、妻が「あの木のことを思い出したんやけど、きちんとお神酒とかしようか」「僕もずっと気になってた」。その夜、ずっしり痛む躰を横たえながら、明日、お酒をあげにいって、そして切ろう、畑のためにも切らないと。山に越して、はじめて、まったく別の生きものたちが、たくさん囲んでいる畏れを強烈に感じた。

次の日、小雨の降る中、一升瓶とお猪口を持って、木に会いにいった。お酒の朗らかに甘い香りに包まれて幻の中にいるように、木も飲んで僕も飲んで、気がついたら一升瓶が空《から》になっていた。もう切らないことに決めていた。畑の影になろうが、この木とつき合っていく覚悟ができた。すうっと、後ろの山から、さっきまでの雨雲をかき分けて太陽の真っ黄色な閃光が走ってきた。家に戻ると、妻が晴れを歓んでいる。「いいお返事もらえたみたいやね」。

◎

今年は少し涼しかったのもあって、野菜の育ちが遅い。ほかの人の畑に比べると、1か月も2か月も育ちが遅い。手を上に伸ばしたくらいトウモロコシが伸びているのに、うちのはまだ膝の高さ。トマトの収穫がはじまった頃には、うちはひょろひょろで小さな緑の実がいくつか。肥料をしてないのもあって、きちんと収穫するためにはさすがに何か入れないといけないのかと、米ぬかと油粕を幾つかの畝に混ぜてみる。

何かの変化を施す時、その行為がよかったのか悪かったのか、比べてみないとわからないので、いろんな方法を少しずつ試してみる。ゆっくりでもいいから、この土地にあった育ち方、自分たちにあった育ち方がいい。

◎

台風がやってきて、家の後ろの砂防ダムから滝のように水があふれている。いったいどれだけの水を蓄えているのだろう、ごんごん流れてくる。いつか川を遡って、そのはじまりを見に行く。蝉が一斉に鳴き出して、鮮やかな青空にもくもくと雲が浮いている。汗だくの麦わら帽子を脱いで、草っ原に腰を落とす。

大風が梅雨の湿気を吹き飛ばしてゆく。トウモロコシがなぎ倒されそう。左からどっと大きな風が吹いてきて、右からぞぞぞっと中くらいの風が吹いてきて、目の前でするるんっと素早くぶつかって、螺旋を描きながら風の一団が青空に飛んでいった。すると、そわそわそわと無数の小さな風が地面すれすれのところから湧き上がってきて、草花やら野菜やら、そこらじゅうの葉っぱをふさふささっと撫でながらあとを追って青空に飛んでいった。小さな野菜たちが一枚一枚、ひゃあああ、ううううう〜、と小刻みに身震いしながらばんざいばんざい歓んだ。ふっと横を向くと、お酒を飲んだあのケヤキの木がふぁふぁふぁふぁと千の手を振っている。

夏一番、吹いた。

うたわにゃそんそん

2015年8月

「はあぁぁぁ〜、っと、こうはじまるんや。はあぁぁぁ〜、さぁ〜てもぉ〜、一座のみ〜なさん〜がたよ」。となり集落の弥市さんが、突然うちにやってきて唄い出した。「あんた、唄に興味があるんやってな。実はな、昔、盆踊りで唄っとったのがな、わしのところにあるんや。もとは江州音頭でな、同じようなのを篠山音頭ゆうて、篠山市のデカンショ祭でも唄いよるけどな、こっちは節回しが違うんや。こっちのは、風情があってよいやろ。でもな、この村でこの唄を唄えるのはわしだけになってしもうた。あんた、練習するか」。

その日から、弥市さんと僕と妻と3人で唄の練習がはじまった。弥市さんの家に行くと、「カラオケボックスに行こうか。あっちは冷房が効いててよい」と言う。中学生以来の何年ぶりだろう、カラオケの個室でマイクを握り、弥市さんのあとに続いて唄い込んでいく。「違う違う。そこ

は下がるんや。そう、今のでええ。ここはな、ぐっと強く出すんや。踊らせなあかんからな、抑揚が大事や。出だしははっきりと、ぼんやりなったらあかん」。

2時間ほど唄い続けて、「ほな、帰ろか。寿司でもご馳走するわ。回転してるけどな」。食べている最中も帰る車内でも家に戻ってからも、弥市さんはずっとしゃべり続ける。

◎

この村で生まれ育ちここで働き続けた、誇りといとおしさとおもしろさの人生の話。「わしがな、小学校に通っとった時、ボスがおったんや。例えばな、あたらしい漫画があったら、まずボスに渡さなあかん。ボスが読み終わったら、わいらが読めるんや。そのボスはな、なんでか知らんけど、ボスやったんや。誰が決めたんか、なんでボスになりよったんか、わしにはわからんかったけど、いろんな決まりごとも含めてな、わしは疑問に思ったこともなかったんや。そういうもんやと思ってた。そしたらな、よそから転校生が来よってな、この村はおかしいと言いよんのや。ほでな、決闘や。橋のところでボスと転校生が決闘や。転校生側はわいだけや。こっちについてたもんもおったけどな、みんな裏切ってしもて、やっぱりボスにつきよったわ。そしたらな、喧嘩で転校生が勝ちよったんや。ボスゆうても小さかったからな。わあって、そいつの仲間は逃げよった。ほんで、こっちに大勢ついて来よった」。

目の前で革命が起こった、弥市さんが受け取ったその衝撃は凄まじかった。その後も村の改革はもちろん、国やおとろしい人たち相手に堂々と「これはおかしいんとちゃうか」を貫き通し、「お前には敵わん」と最後には相手の頬を緩ませ続けた。

「昔はな、わいのおじさんが盆踊りで唄いよってな、ほんまに上手やった。鳥肌が立つほど上手やった。もひとり、上手な人がおってな、その二人でえんえん朝まで唄い踊り明かしや。唄いよったらみんな家から出て来よったわ。ほんでな、いろんな地区に唄で乗りこむんや。向こうで唄おて、花形や、あらゆるところで唄っとったじょ。わしはおじさんから教えてもらおうと思ったけど、関係が近すぎるやろ、それでほかの人に習ったんや。何度も唄って覚えてな、ほんでや、祭りの日、ついに櫓《やぐら》の上に立って、唄おう思ったら、横でおじさんがあれこれ言うんや。テンポが遅い、速い、ずれた、といちいち挟んでくるんや。わいとおじさんは声が似とるんや。ほんで、余計気になったんやろ。やけどな、こっちは緊張もしとるうえに横から言われてパニックや。それでそれ以来、諦めたんや。唄は好っきやけど、この唄はみんなの前では唄うとらん。あんたがな、引き継いでくれたらいいんや」

◎

いざ唄ってみると、独特の節回しや言葉づかいが難しい。自分では抑揚をつけているつもりでも、どうしても平坦になってしまう。「唄い込んでいったらな、自分なりのコブシが付いてきよる。自分なりでええんや。そんでな、下手でもええんや。一生懸命やったら、それだけでええんや」。弥市さんの唄を録音させてもらって、それを繰り返し聴きながら、真似をすることからはじめてみる。少しずつ唄の文句が躰に入ってきて、情景が浮かんできた。

「昔の人は、山に入って、大声出して声を潰しよったんや。それでな、ええ声になったんや」。山で大きな声で唄ってみる。樹々が吐き出す霧にかすかに唄が滲んでゆく。できるだけ大きな声で、何度も何度も唄い続ける。「よっしゃ、だいぶ唄えるようになったな。80点や」。

盆踊りの前に七夕祭りがあったので、そこで練習も兼ねて、みんなの前で唄うことになった。公民館からスピーカーが運ばれ、祭り太鼓を高校生のリュウくんが叩いてくれた。「この高木さん夫婦がな、音頭をとるから、みんなで踊ってやってほしいんや」、願いごとを吊り下げた笹を囲んで村人たちが踊りだす。僕と妻は、とにかく大きな声で唄った。普段のコンサートや仕事の時とはまったく違う緊張が走った。何かを表現できる余裕もなかった。終わったあと、「懐かしいな。はじめて何を唄ってるかに耳がいったわ。何かの物語を唄ってるんかね」「私も唄おてみたいな」、和やかな空気だった。その夜、「ご苦労さん、100点でした」と弥市さんからメールが届いた。

◎

唄ひとつ。たったひとつ、少し唄えるようになっただけで、見える景色が変わってきた。各地に残る田植え唄や子守唄を聞いても、何を唄わんとしてるのか、なんとなく「わかる」ようになってきた。わっと世界が広がって、わくわくする、おもしろい。

「盆踊りは、もう若いもんの祭りや」と言って参加しないおじいさんやおばあさんが、「あんたらが唄うんやったら踊りにいくわ」と来てくれることになった。「わしは太鼓は引退したんじょ。もう80超えとるじょ。やけど、唄うんやったら、わしが叩くじょ」「おっ、やっさんの太鼓の復活じょ」。

明後日、いよいよ盆踊りだ。

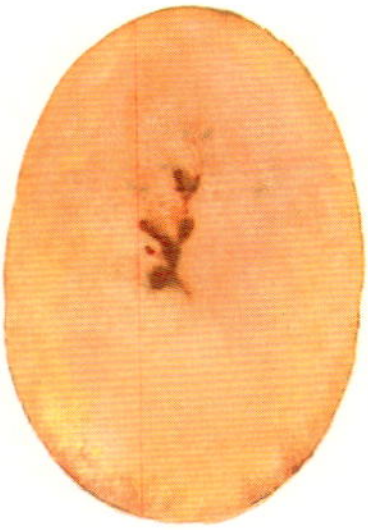

やまえみ

仲のよい夫婦や、一緒に暮らす動物を見ていると、お互いによく似ているなあと思うことがある。長く一緒に過ごしているから似てくるのか、もともと自分に近しいもの同士が寄り集まったのか。なんとなく、お互いに最初から似ているから集まった気がする。そういえば、ふとあたらしい歌がつくれた時は、ようやく出合えた自分の心を聴いているようで、いつだって懐かしい気持ちになる。そして、その歌が教えてくれるあたらしい世界に自分も近づいていきたいと思う。

自分の似姿をあちらこちらにつくって、自分が増えてゆくのかな。相手だって似せさせようとこちらを変えてくるのだから、気がつけば、僕だって村の顔つきになってくるのかもしれない。そうならよい。

やまさきうた

2015年9月

『バケモノの子』の映画音楽の仕上げに入っている真っ只中、いつも僕のコンサートを企画してくれている堀内さんが、「秋に大きなコンサートやらない？　一人じゃなくて何人かで一緒に演奏するような」と誘ってくれた。

今やりたいことを考えてみる。浮かんだ言葉が、「村」「老人から幼子に繋がる通路」。どんな内容になるのか、さっぱりわからないけれど、一緒に演奏してくれそうな音楽家を少しずつ誘っていった。ヴァイオリンにヴィオラ、笛、木琴、太鼓、ベース、そしてアイヌの唄い手、そこに僕がピアノ。なんでこのような編成になったか、とにかくよくわからない音楽がうまれそうだ。タイトルを決めなくては、いつもここが悩みどころだけれど、たまたま読んでいた本に「山が咲む」と書いてあった。「山がえむ」と読むらしい。「山が笑む」というのはよくわかる表現だけれど、そうか、「笑う」というのと「咲く」というのは確かに同じだ。タイトルは『山咲《やまえ》み』。言葉の響きが、あたらしい世界へと誘ってくれる。

◎

7月に映画が無事公開されて、ようやく気持ちが落ち着いてきた頃、まずは北海道の阿寒湖近くに住んでいる床絵美さんを訪ねた。阿寒湖畔にはアイヌコタン（集落）があって、アイヌの文化を引き継ぐ人たちが暮らしている。絵美さんは、アイヌの唄い手だ。訪ねたはいいけれど、絵美さんにお会いする以外、特に目的はなく、ただ一緒にのんびり歩いたり、アイヌの劇場を見せてもらったり、家にお邪魔してお酒を飲んで話をした。肝心のコンサートの話はまったく出てこない。まだ、何も浮かんでこないのだからそれでいい。そろそろ帰ろうかという時、絵美さんのお母さんがふらりやってきて少しだけお話しできた。「これから、おばあさんのところにいくのよ。私の母のことね。たくさんアイヌの昔の話をしてくれるから聞くのよ。誰にでも話すのでなくて、この話はこの子に、この話はあの子にって、自分には教えてくれない話もあるのよ。おばあさんのようにね、自分が持っている話を話したくてしようがない人が何人もいるのよ。でも、誰にでも話せるわけではない。今日は私が受け取る番だから聞きにいくのよ」。

素敵なお母さんだった。僕の妻が「あの、お母さんがどのように唄うのか聴いてみたくなりました。少しだけ唄ってもらえませんか?」。すると、「今は駄目」とていねいに断られた。「ふふふ、もし誰かに歌ってほしかったら、あなたが先に歌うのよ。そしたらお母さんも断れなくなる」と笑いながら娘の絵美さん。

お母さんが去ったあと、絵美さんの言葉がすっと胸に残った。「私たちはみんな唄うからね。お母さんの唄もおばあさんの唄も、凄みと深みがあって、素敵で、とても私にはできないけれど、それが素敵だからといって同じ唄い方を今の私がやっても意味がない。ずっと唄い続ければ、歳をとって、きっとその時にできる。憧れて真似をするよりも、今は、私がこの年齢で、この経験の中で、そのままで、唄いたい」。

◎

兵庫の家に戻って、準備に取り掛かろうとする。今までつくった曲はもちろん演奏するけれど、コンサートのためにあたらしい曲をつくらないと進めないと思った。ピアノに向かうも何も浮かばない。

隣の家のヒロシさんが、「今年は大峰山に行くか」と誘ってくれたのでついていくことに。はじめての修験道登山だ。村の男たちが昔から通っているらしい。「おっ、かっちゃんも行くんこ。男になって帰ってこい」と村の人に見送られた。

法螺貝の音が、ろうろうと響き渡る山道。白装束に身を包んだ修験者たちと登っていく。杖をつく度に鈴がリリリンと鳴って、そこに読経や蝉の鳴き声が何重にも重なっていく。複雑に漂う音の重なりの中で耳を澄ましていると、聞き覚えのあるリズムや旋律が聞こえてきて、はっとした。「ああ、この感覚は、このリズムや響きは……。小さい時から、おじいちゃんの家で何度も聞いてきたお経と一緒や。僕のつくってきた曲は、この感覚がもとになってる」とはじめて気づいた（祖父はお寺の住職をしている）。

◎

再び家に戻ってくると、今度は盆踊りの音頭取りの特訓がはじまった。毎日毎日、家でも畑でも車でも、隣の集落の弥市さんに教えてもらった唄を唄い続けた。

引っ越してきたばかりの若造が、櫓の上で唄わせてもらうのに祭りの準備の手伝いをしないわけにいかない。祭りを取り仕切る、男ばかりの八日会に入れてもらうことになった。男だけの集団に昔から慣れていないので少し緊張する。だけど、なんだかうれしい。少しずつ村に交じっていってる。

櫓を立て、テントを張って、子どもたちのためのヨーヨー掬いやビンゴゲームの準備を整える。日が暮れる頃、ハマちゃんにもらった浴衣を着て、妻と一緒に櫓に上がって音頭を取った。下では数年ぶりに、ヤッさんが太鼓を叩いてる。

「あれは若いもんの祭りやから」と参加していなかったおじいさん、おばあさんがたくさん踊りに来てくれた。はじめての試みだったので、そして確実に下手だったし、村のみんなにとってよかったことなのかわからないけれど、とにかく真剣に取り組んだ。村の若い人たちが、「来年は俺らが習って唄いたい」と言ってくれた（この20年で音頭を取れる人は村で一人だけになっていた）。

◎

村の何かがひとつふたつ動いて、その只中にいた。気がつけば、8月も終わりになっていた。コンサートの準備をしなければならなかったのに、村のことばかりで過ぎてしまった。毎日、畑をしているか、村の誰かと会っているかで、1曲もできていない。でもきっと、こうして毎日を生きたことが、音楽になっていく。もう十数年、音楽の仕事をし続けてきて、それは確信だった。

そして、やっぱりあたらしい曲が生まれた。自分なりの、山の、村の音楽ができてきた。妻に歌って聴かせたら「ありがたいなあ、ありがたいなあ」と山に向かって手を合わせてた。ほんとうにそう思った。

あと数日でリハーサルがはじまる。ドキドキして眠れない。

おやま

２０１５年10月

２０１５年９月22日、めぐろパーシモンホールでコンサート『山咲み』を開いた。ここ最近はピアノソロが続いたので、バンドで演奏するのは実に7年振り。06年の『Private/Public』では慣れ親しんだ西洋音楽からアジアに少しだけ足を踏み入れた。08年の『タイ・レイ・タイ・リオ』では古来日本に渡ってきた音楽文化を辿ることで、島国ではない大きな日本を想像して音を奏でてみた。ちょっとずつ、自分が住んでいる日本に近づいてきていた。

若い頃からずいぶんと、世界各地を旅してみたけれど、そこで出合いたかったのは、ほかでもない自分の故郷の昔の姿だったと思う。日本の懐かしい原風景を体験したくて、昔ながらの生活がまだ残る地域に出向いていたのだと。だから、こうして山里に引っ越して、おじいちゃんおばあちゃんと日々を過ごせたり、踊りの音頭を教えてもらったりしている中で音楽をつくれるなんて。今回のコンサートでは、この2年間、村で暮らして感じてきたことをそのまま運びたかった。命が咲きあふれて萎れて還る。過ぎ去っていって決してとどまらない、そのいとおしさのことを。

総勢8名のバンド。多いのか少ないのか、よくわからない規模だけれど、20人くらいの楽団になればいいなと思っているので、最低限の人数だ。本番前の4日間、スタジオを借りてみんなで練習をした。

僕は曲を誰かに演奏してもらう時、できるだけ楽譜を用意したくない。どの音階で弾くのかと、メロディとベースの2音がわかる簡易な楽譜を渡して、あとは曲ごとに目指したい世界観を説明すれば、誰でも演奏できる、と思っている。何度か一緒に演奏しているうちに、「ああ、そういうことか」とそれぞれにわかってくるものがあって、演奏がいきいきしてくる。

僕は、その「よしあし」をいちいち判断しない。楽しそうにやっていれば、多分、それで大丈夫。難しそうな顔をして考え込みながら演奏している場合だけ、曲のテーマをもう少し話したり「こんなんはどう？」と口で歌って提案してみたりする。僕の弾くピアノだって弾くたびに変わってしまうのだから、こんないい加減なものはない。僕は、人の何か調子に乗ってやってしまうくらいの勢いが好きだ。間違いのない100点よりも、一か八かの賭けが好きだ。

連日で2公演。初演は緊張感のある、しっとりとしたものになった。ほんとうはもっと陽気な演奏になる予定だったけれど、お互いの音をちゃんと聴こうとして自分の演奏まで音が小さくなっていって、ぎゅっと蕾《つぼ》んでゆくような種になってゆくような、そんな内容になった。練習してきたこととは違ったけれど、これはこれでやりたいことだった。

準備をしている時に、「今回のテーマは〝老人から幼子への見えない道〟、亡くなってまた生まれてくる、その見えない通路に触れたい」と言っていたので、明日の演奏はあたらしく生まれてくる幼子のようになるんだろうと思った。リハーサルの狭い部屋から大きなホールに変わったことにまだ慣れていないのもあって、2階席の一番後ろまで音が届くように意識して演奏するように話し合った。演奏者の距離も可能な限り近づけあった。村の話を曲の合間にするようにした。昨日から変えられる点をそれぞれが考えて、だいたい同じことをみんなが考えていた。うまくいくと思った。

◎

　コンサートを終えて家に帰ってくると、猫の世話をお願いしていたサチコさんから「おかえりなさい」の手紙と「よかったら食べてください」のおはぎが置いてあった。道で出会ったハマちゃんは、「うまくいったかい。そうかあ。そりゃよかった。私はな、あたらしい服をおろすさかいな、山登って神さんに見せに行ったわ。服をおろすたんびにいつもやっとる」。

　トマトにナスにゴーヤにシシトウ、カボチャ。9月も最後になって、ようやく夏野菜たちがおおいに賑わっている。川にキラリ光る栗が流れてきた。はやりながら栗の木の下へ行ってみると、地面が満天の栗、上を見上げれば、だいだいの柿が満天に。上も下も、どこもかしこもぴかぴか。受け止めなさい。

　村のおじいさんがひとり亡くなられた。朝、村のみんなでお見送りしたあと、お葬式の受付などできることを村人で分担した。村に戻って、亡くなったおじいさんの家にあがって、みんなで御詠歌をとなえた。

◎

久しぶりに、この前まで住んでいた亀岡に行ってみた。大好きだった裏山に入って〝自分の場所〟と勝手に決めていた地点に立ってみる。なんだか以前あったものがないような気がして、ああ僕は引っ越したんだなと感じた。

秋の大祭に向けて、鉦《かね》に笛、三味に太鼓。公民館で子どもたちの練習がはじまった。「ドン！ ドン！ イーヤー！ チ〜ンチン リンリ チテチン チ〜ンチイーヤー！」。

今年も村の男衆に交じって神輿を担いだ。隣り合わせる顔が頼もしい。知り合った人がずいぶんと増えた。担ぎの重さが去年より堪える。

ひとつ歌いましょ、わたしの、二度と来ないこの日を。

うつろい

2015年11月

長い陽が差し込んだ。秋は春に似て、あっという間に過ぎ去る。お山が持てる色を萌え尽くすほんとうの極彩色を味わえるのは、たったの4、5日ではなかろうか。

色をふくらませたお山はぎんぎんに輝いて、からからに枯れた落ち葉が積もり積もったその奥底はじわっと濡れ、あのはち切れる緑がこうしてまた黒々とした土に還ってゆくのを見ていると、はるなつあきふゆ、めぐる季節があるように、土にも季節があって、時には、ぐっと身を寄せ合って石や岩になったり、ばあっと開いて草花や木々になったり、はらりはらりはらり砂になったりするようです。

◎

ひんやりした白い風が吹けば、あたりがしんとして、谷に住むハマちゃんが家によく来るようになる。「ずっと寝とってんかい」。ひと月近く、躰がぼんやりしていた。9月末のコンサートが終わって、張っていた気が解けたからか、がくっと体調を崩してしまった。忙しくしていた夏の間に溜まったカビや埃を一斉に掃除したからか、乾いた咳が止まらない。38度の熱が出たのに秋祭りの神輿を担いだのもよくなかったか。1週間も寝れば回復するはずが、いつまでも微熱と咳が続く。

寝ても覚めても、内に内にぎゅっとしんどいので、これがずっと続くのかもしれないと気が滅入ってくる。なにより人と会って話すのが一番辛い。間合いやテンポが掴めなくて冷や汗が出てくる。そんなことだから、ピアノもまともに弾けたものではない。ぱあっと伸びやかにいたいのに圧縮されるようで、しんどいしんどい、辛い辛い。

それでも、歳を重ねるにつれ、日なたではなく日陰でひっそりと耐えなければいけないような時に、何か誰かの人生と繋がれた感触がある。「ああ、あの時のあの人は、もしかしたらこんな気持ちだったのかもしれない」と、ほかの人のことが少しわかったような心になる。すると、今度は自分自身に心が向いて、使っていなかった躰の部分や、そのままにしていた心に気づいて、ゆっくりと石をほぐしながら、次の芽吹きへ、ひとつ人生が進み出す。

◎

故郷の亀岡の小学校から電話が鳴って、なにやら「将来の夢（仕事）」について、自分がどういう子ども時代を過ごしてどうやって音楽の仕事ができるようになったのか、子どもたちに話をしてほしいとのこと。もうすぐ卒業していく6年生たちを前に、何を喋ろうか。

亀岡は山に囲まれた盆地で、田畑が広がる田舎町、都会で働く人のベッドタウンでもある。隣の京都の街へ行くには「老ノ坂」という恐ろしげな峠を越えねばならず（薄暗く見通しの悪い峠で事故が多かった）、車を運転できない子どもにとっては山で閉ざされた町だった。そんな山でも遊びに踏み入ればいくらでも楽しかったけれど、将来のことを考えさせられたり街の文化に憧れを抱く年頃になってくると、田舎に住んでいるつまらなさや窮屈さがふくらんでいった。

中学生になると、ひとり自転車で山を越える道を探してみたけれど、危険な老ノ坂を通るしか方法がなさそうで諦めた。外には広い世界があって、ここには何もないと思っていた。多くの同級生は、京都の高校を受験し、亀岡を出た。僕も外に出て、そして世界の国々を旅したけれど、だいたい全部ここにあるんやなと気づいて亀岡に戻ってきた。大人になって、育った亀岡のことを外や内から眺めるようになったら、そのついでにぽろりと曲が出てきた。だから今、音楽の仕事をしている。

◎

懐かしい体育館で１００人もの子どもたちを目の前にすると、そんな自分の経歴をどう話しても仕方がないと思えた。小学6年生なのだ。情報がなくても、それぞれの人生、これからたくさん経験していくだろうし、その中でひとつひとつ発見したことが彼らの役に立っていく。

僕は僕で振り返ってみたところで、どの道を通ったから音楽の仕事をしているのか、さっぱりわからない。あのピアノの先生に出会わなければ、あの時アメリカに家出してなければ、あの時、あのとき……。振り返ってしまうと、どんな些細な点もなくてはならない重要な点になってしまう。大切なのは、歩んだ道ではなくて、子どもの頃からずっと変わらない創作への興味だと思う。

子どもたちの目を見る。ひとりひとり、それぞれの輝きがあって、もうすでに将来どんな仕事をすることになるのか決まってるんじゃないかと思えた。

「誰かに必要とされた時、それがあなたの仕事になります。今、クラスに30人も同じ歳の仲間がいますが、大人になったらそういう機会もなくなっていきます。赤ちゃんからお年寄りまで、さまざまな人たちに交ざっていきます。そして、クラスでは遊んだり

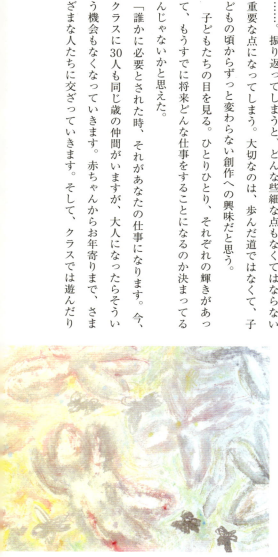

話したりしなかったような人が、あなたに仕事をくれたりします。その時あなたは、あなたが全然知らない人、そういう人たちに喜んでもらえることをしないといけない。

そして逆に、あなたが誰かに仕事を与えるかもしれない。自分ができないことを誰かにお願いする。今、たまたまここに100人も集まっているのだから、今まで遊んだことがない子の家に遊びに行ってみたり、話しかけてみたりしてもいいかもしれません。学校では見れない顔が見れておもしろいよ。僕はなぜか、クラスのほとんどの男の子の家に遊びに行きましたが、大人になってからとてもよかったと思っています」というようなことを喋った。

どうもうまく話せないので、「いつもこうしてます」とピアノをいつもどおり弾いてみせた。「作曲する時は絵の具をパレットに出すように、ひとつの音から次の音をていねいに選んでいきます」といつもどおりのことを見せてみた。いろんな人がいるけれど、その人たちも自分も同じ人間なのだから、自分で自分に深く深く染み入るくらいうれしいことができたなら、そりゃあほかの人にもうれしいことなんじゃないかと。

「曲をつくりたいと思ったり、実際につくったことがある人?」。思ったよりたくさん手が挙がった。そしてみんな思うようにつくれなかったと。自分が心の底から今一番聴きたい曲が見つかったらそれだけでいいんだけれど、それが難しい。自分が一番聴きたい曲ってなんだろう、自分の中にあるとは限らない、隣の誰かの心の中にあるやもしれない、そしてそれはあなたにしか見えないかもしれない。

昨日観た映画で、「あなたが接したいようにほかの人と接していい」というようなことを言っていた。そうだそうだと、力が湧いてきて、躰が治った。

おやまのぴあの

2015年12月

あたらしく家にやってきた、憧れのグランドピアノ。大きくて、重くて、そう、すべて重い。鍵盤もペダルも音も、重い。音の響かせ方がいまいち掴めなくて、あまり弾く気になれない。ついつい前の家から持ってきた、馴染みのアップライトピアノを弾いてしまう。軽く撫でただけで、キラキラッぐわんぐわんの波で包んでくれる。子どもの頃からずっと弾いてきたのだ、どう弾いたらどういう音がするのか躰に染みついている。音のすべてが見える感じがする。「うん、これが僕にとってのピアノだわなあ」と、多分、これから先もずっとそう思っていくに違いないのだけれど、いかんせん、外のスタジオで録音したりコンサートで弾くピアノは、姿も響きも違うグランドピアノなのだ。やはりグランドピアノでしかできない表現があって、いつかは手に入れて自分の家でじっくり向き合いたかった。

コンサートホールや立派なスタジオでは弾いたことがあったグランドピアノでも、いざ家に持ってくると、どうにも音が掴めない。演奏しながら聴いている音がおもしろくない、音に包まれない。そもそも、ホールにやってきた大勢の観客に、一番遠くの席に座っている観客にまで音が届けられるように創られた楽器なのだ。自分が弾いたおいしい音の成分が、あっという間に、ぽおぉぉぉんと遠くに飛んでいってしまう。ピアノの一番近くにいるのに、一番味気ない音しか味わえない。

妻に代わりに弾いてもらって、僕はちょっと離れて聴いてみる。「おお、気持ちいい」。ひとつひとつの音の粒とうねりの波。調律師さんがやってきたので相談してみると、「毎日少しずつ、たくさん弾いていたら部品が硬くなったり柔らかくなったりして、いい音に育っていきますよ」とおっしゃる。それは確かにそうなのだが、今までほかのピアノでできていたことができないのはじれったい。音が響かない、だから弾きたくない、ピアノも僕も育たない、の悪循環になってしまいそうだ。

そうこうしてる間に、コンサートホールでグランドピアノを弾く日がやってきた。ぽおぉぉんと鳴らしてみる。うん確かに、この大きなホール中に音が飛んでいっておる。一番遠くの席に座ってみる。舞台の上のピアノが小さく見える。舞台に戻ってもう一度ピアノを弾いてみる。今度は、耳を、一番遠くの席に残したまま、残したまま。ぽおぉぉん。あっ、つながった。そうか、山でやまびこする、やっぱりあの感覚なのか。ピアノを弾いている僕が、自分が一番「聴きたい聴きたい」となっても仕方ないのだ。届けたい向こうがあって、そこから照らし返された光を素直に受け取ればいいのだった。

秋が美しい。次から次へと色が萌え尽きていって眩しい。ぱあっと、太陽の金色の光に、ぱあっと、雨が降ってきて、ざざざざざっとぴかぴか輝かしかったのでうれしくなって僕のグランドピアノを弾いてみた。ちゃんちゃんちゃんちゃんちゃん。お天気雨が、わあっと歓んだ気がする。僕が、わあっと歓んだ。僕のピアノが、わあっと歓んだ。

◎

今、家には3台のピアノがあって、その3台目のピアノは土間に置いた。土間は人がふらっとやってきても、家の中なのか外なのか中途半端で、急な来客も受け入れやすく相手も入って来やすくてよい。土間のピアノは古くて、きちんと音が鳴らなかったりするけれど、ことこと温かい音がする。年は65歳ほどのおばさんピアノ（そう、この村では「あんた、おかしいこと言うわ。私はな、おばあちゃんとちゃうで。おばさん。隣のな、92歳のトオちゃんが、おばあさん」と84歳のハマちゃんおばさん)。そのハマちゃんが家にやってきては、「咲いた〜咲いた〜」から「富士の高嶺に降る雪も〜」などと少しずつ教えた旋律を、おばさんピアノで弾いてさっと帰ってゆく。「ここに来たらボケへんでええわ」。

最近、ふと考える。人にはどうしてもやってしまうことがある。そして、ついついどうしてもやってしまうことに限って、なんだか後ろめたい気持ちになったり、周りからも「やめたほうがいいよ」と注意されたりする。例えば、どうしても遅刻してしまったり、どうしてもゲームがしたくなったり、どうしても激しく演奏してしまったり、どうしても川に石を運び続けたくなったり。

なんで今それをする必要があるのと、自分でも思うし、周りも不可解に不愉快に思ったりするけれど、人生一度きりなのだから思い切って、その「どうしても」をどうにか人生に活かすことを考えたくなってきた。よくよく考えたら、今のピアノを弾いたり作曲したりの仕事だって、どうしてもやってしまうことのひとつだから続いているし、誰かから頼まれても嫌じゃない、むしろ喜んでやりたい。

逆に気が向かないことはたくさんあって、そういうものごとは「自分の人生では諦めた」と思うようになってきて、手を出さないようにしている。馬鹿げていようが、「どうしても」やってしまうことをこれからは大切にしようと思った。

ある日、障がいのある人たちのコンサートを観に行った。舞台の上で、歌ったり太鼓を叩いたり踊ったり。練習してきたのであろう演目を順番に披露していく。中にはそういった表現とはまったく関係なしに、ずっと同じ行為を繰り返す人もいて、ただただ勢いよく跳びはね続ける人、「おかあさ〜ん、見ててやあ〜」と客席に手を伸ばして叫び続ける人、舞台を歩き回りながら仲間たちの演奏をただ見守り続ける人。もちろん練習してきたことを懸命に発揮している人たちがたくさんいて、障がいのある人も障がいのない人も、ただただ自分が今やりたいことをやっている。メロディやハーモニーやリズムや踊りや地響きや唸り声や奇声や泣き叫び緊張解放歓喜無我夢中でいっぱいになって嵐の只中にいるみたいに、あっという間にひとりひとりが生きているというのは、ほんとうはこれくらい凄まじいこと。

最近は何においても答えを検索して間違わないようにできるだけ損しないように正解を求めすぎている世だけれど、それは果たして一色に染まっていくようで、いやあそれよりも、その瞬間の「どうしても」がちりぢりばらばら一気に集まると、それはまるでお山のようで、人間ってもっともっとおもしろいんやで。

ひそかごと

2016年1月

手首に手を当ててみる。すぐに脈が伝わってきた。ここは、いつも血がごんごんと流れているのだ。おでこに手を当ててみる。脈を感じない。心を静めて待ってみると、少しずつ脈が伝わってきた。ここは、そんなに血が流れていなかったのだ。

手を当てて、よおく聞こうとしたら、血が巡りはじめた。しんどいなと思っている箇所に手を当ててみたら、たいていひんやりと冷たい。しばらくそのまま手を当てていると、じんわり温かくなって楽になった。たぶん、世界はそういうふうにできている。

◎

広々した空の下、車を走らせていると、ゆで卵のような硫黄の匂いが車内に立ち込めてきた。窓の外には、真っ白な湯煙がいくつも上っている。ここは九州の別府。久しぶりに妻の実家に帰ってきた。そこら中に温泉が湧いていて、ちょっと疲れたなと感じたら、よっこらしょ、喫茶店で休むみたいに気楽にお湯を楽しめる。さっきまで着ていた服を脱ぎ捨てて、みな裸んぼ。星の中から湧いてきた温かく柔らかな力に包まれていると、赤ん坊になったよう。力を抜いて、ふわり、仰向けになった躰を湯の水面に浮かばせてみる。自分の境界が溶けてって、この惑星と一体になった。

温泉も満喫しきって、ぽかんと暇になった。「タイタイばあちゃんのところに行きたい」と妻。

「タイタイばあちゃん」というのは、妻の祖母のことで、タイタイ＝鯛鯛、祖父と魚屋を営んでいた。二人共すでに亡くなっていて、僕は写真と話でしか知らない。

妻が幼かった頃、タイタイばあちゃんの家によく遊びに行って留守番をしていたらしい。「ほれ、おやつ欲しかったらお皿持ってこい」。タイタイじいちゃんが言うと、ちっちゃな妻はトコトコトコと食器棚まで駆けて大きな皿をよいせと抱えた。じいちゃんに差し出すと、さささっと軽やかにきらきらした刺身がお皿に盛られてゆく。妻のおやつは刺身だった。

「こんなに小さかったんやなあ、何もかもが小さいわ」。タイタイばあちゃんたちの家に行ってみると、もう家の姿はなくなっていてすっきり駐車場になっていた。家のすぐ裏に神社があって、お神楽を楽しんでいたらしい。「わあ、神社の木だけはおっきいわ。子どもの頃より大きい」。木に手を当てて懐かしんでいる。

僕はなんだか予感がして、向こうに広がる空を見た。「おおい！　ちょっと来て！　はやく！」。ぱあっと大きな虹がかかっていた。「ふふふ、久しぶりに見たなあ。虹ってかかるって言うけれど、虹が立つとも言うね。虹の麓って行ったことある？　よし、何もすることがないし、虹の麓に行ってみよう」。わくわくしながら車を走らせた。虹がどんどん大きくなってきた。こんなに虹に近づいたのははじめてだ。もしかしたら、今日は虹の麓に行けるのかもしれない。そのうちに、辺りがふわりと虹色に変わりだして、きっと虹の中に入ってしまった。

「近づきすぎると、やっぱり見えなくなるんやね」、気がついたら山の斜面を登っていた。「あれ、この辺り知ってる。タイタイばあちゃんのお墓の近くじゃない？　あの虹は『会いにおい

で』っていうメッセージやない？」。まさか、そんなこと。そうだったらいいな。

しばらく車を走らせると、「〇〇霊園」という看板が見えて「あっ、やっぱりだ」と興奮しながら進んでみたけれど、山の中をぐるりと回ってあたらしい住宅地に出てしまった。「残念。今日は諦めよう。でも幸せな気持ちやね」。住宅地の中をくるりくるり、赴くままに角を曲がる。前に車が停まっているので避けようとしたら、「あっ、ここ、タイタイばあちゃんのお墓があるとこ！」。ついに辿り着いてしまった。ふふふふ、笑みがこみ上げてくる。不思議なことがあるもんやな。

妻がお墓を見つけて、みかんをふたつ、お供えした。手を合わせてなにやら長く長く話し込んでいる。「『みかんは二人で食べよ』って言いよった」と、さっきお供えしたみかんをひとつ、僕に手渡した。ふと空を見てみると、おっきな虹が山から立ち上っていて「よくきたね！　だいせいかい！」と言っていた。「とんでもない、おっきな方法で伝えてくるね。おっきなおっきな言葉やったね」。

ひとつうたえば　ななつひらいて

２０１６年２月

「おやま」

明日は
烏《からす》の子　巣立ち
雨が降れば
七色

水の流れ
変わりて
浮かべなさい

上に数多の
星々
下に蛍が
飛び交う

どこもかしこも
ぴかぴか
受け止めなさい

ひとつ
謳いましょ
わたしの
頬に流れた
その道

その道の
伝う先
待っていました
二度と来ない
この日を

「山咲き唄」

山 咲き乱れる
花の 盛《さか》りを
踏み あらためる
ひとひの 契り
よいや よいや よいとまか
せせらぎや くれろ

めでた めでたの
子を 待つ 親がよ
よいや よいや と
よいとまかせや

山で 男は
寂しうてならぬ
山の乙女は
なにもて あそぼ

ここは 谷底
はるか向こうの
峠の上に
お月さんひとつ
よいや よいや よいとまか
せせらぎや くれろ

朝陽 拝みて
霧立つ 畦に
今日は 昔の
あの人 ここに

ねんね ねんねと
眠らにゃならぬ
鳥は 歌おて
飛ばねばならぬ

花と呼ばれりゃ
咲かねばならぬ
風は 吹け吹け
去らねばならぬ

山行唄の
文句にあらん
山は よいとこ
気が晴れて

ひとつ 唄えば
ななつ 開いて
億千万の
力と なりて

ひとつで 咲けば
ななつ 開いて
億千万の
種にと なりて
よいや よいや よいとまか
せせらぎや くれろ

山咲き乱れる
花の 盛りを
踏み あらためる
ひとひの 契り

はなみち

2016年3月

村に来て、三度目の春が来た。畑がわいわいしている。野菜が育つようになって、雑草の種類も替わった。最初の年に多かったスギナやヨモギは見かけなくなり、オオイヌノフグリやホトケノザの小さな花々がかわいらしく無数に瞬いている。とげとげしかった畑が、ほっこり軟らかくなった。畑もそうだし、自分自身もそうだけれど、村の人も同じく歳をとった。

隣の家で一人暮らししているシヅさんは98歳になった。もうすぐ100歳だけれど、畑ももちろんしておられる。シヅさんの家まで僕たちが歩けば2、3分で着くけれど、シヅさんの足だと30分は軽くかかる。お隣といっても、シヅさんが気楽に来られる距離ではない。

あるお昼どき、「いかなご煮をつくったので食べてください」と玄関先にシヅさんがやってきたのでびっくりした。お茶を飲みながらお喋りして、「それじゃあ戻ります」と一人で帰られるのは心配なので一緒についていった。「後ろに転びそうになります。転んだら起きられまへんから気をつけよるんです」。靴の長さ分、20センチちょっとがシヅさんの一歩。一歩一歩、休み休み、妻が横で手を取りながら急な坂を下ってゆく。一緒に歩いているとシヅさんの感覚が混じってきて、いつものなんでもない坂が恐ろしい。

シヅさんの家に着いた頃には、昼だったのが夕方になっていた。「冬はずっと編みものをしよるんです。編んでは解《ほど》いて、解いては編んで」。箪笥の中からたくさんの作品が出てきた。色とりどりの愛らしいセーターやチョッキ。「もう着れません。焼いて捨てるだけです」と言うので、「ええっ、やめて。もらえるんやったら欲しい」と妻と一枚ずつセーターをいただいた。それ以来、毎日着ている暖かくてうれしいセーター。

家に一番よく遊びに来る、妻の親友のハマちゃんも84歳になった。あれだけ元気に山を駆け回っていたハマちゃんも、膝が痛くなって山は登らなくなった。「私はおばあちゃん違うで、おばちゃん。隣のトオちゃんがおばあちゃん。あっちは90歳超えとるで」と言っていた、ハマちゃんも「私もおばあちゃんになったやろ」と優しい皺がたくさん入った顔で言うようになった。

本家おばあちゃんのトオちゃんが、道で何かしているので「トオちゃん、こんにちは。まだ寒い日があるね。風邪ひいとらん？」と声をかけると、両の手を拝むようにすり合わせながら「ああ、ありがとう！　いつも声をかけとくれて」ときらっきらの目を輝かせながら元気な声で返してくれる。トオちゃんは、村の入り口のお地蔵さんにも必ず手を合わせて話しかける。僕たちも真似をするようになった。「あかん、躰がしんどいんや。耳も遠なってしもうた。それでもな、ご飯だけはおいしい！」。

村に来てはじめて出会ってから、もうすぐ3年、みんな、切なくなるほどに歳をとったように感じる。

◎

僕も今年の秋で37歳になる。気がつけば、おっちゃんと思っていた歳になった。相変わらず作品をつくって発表してというのを繰り返しているけれど、以前に増して、すべての物事は儚いものだと感じるようになった。

「ずっと残る」「揺るぎない」「正しい」「いつの時代でもどこの誰にでも伝わる」作品があると思い込

みがちだけれど、受け取る人それぞれ、まったく違う受け取り方をしているという、ごくごく当たり前の事実をきちんと理解できるようになってきた。つくった自分でさえ、いろんな感じ方ができてしまうのだから、もう少し緩やかでいたいと思うようになった。

例えば、畑をしたり木を切ったり燃やしたりするようになって、はじめてわかることがある。おじいさんやおばあさんと接したり村の集まりや行事に参加するようになって、はじめてわかることがある。当たり前のことだけど、人それぞれ、どんな人生を歩んできたかで見えているもの聞こえているものがまったく違う。そんなこと言葉ではわかっていたけれど、「ほんとうに、そのとおりやわ」と諦めと驚きで身に沁みてわかるのに36年かかった。

シヅさんの居間には炬燵があって、シヅさんは一人で大音量のテレビを見ている。一人だけど、シヅさんの隣の座椅子に、ちょこんと一体、おっきいヒヨコ（？）のような謎のぬいぐるみが一緒にテレビを見ている。そのぬいぐるみをデパートで見ても、僕はなんとも思わないだろう。でもシヅさんの隣に座るぬいぐるみは、とても愛らしいと思う。

長いのか短いのか、おそらく一度きりの人生で、僕は何がしたいのだろうな。

黒猫が散歩に行きたいと誘ってくるので後ろをついてゆくと、裏山に入っていった。春が近づいて、うぐいすが遠くで歌い、花々がぐぐっと咲くのを堪えている。春の予感の中で、静かに静かに、わっしょいわっしょいと加勢してもらってる気がしてきた。「わたいらがついとるさけ、思いっきりやりない。加勢したるよ。あんたの一番いいところを使って、思いっきりやりない」。やっぱりこの連鎖の中に、いつもいたいと思う。

土をいじっていると、土の中にいる億千万のざわざわに、僕なんかは、わっしょいと加勢したくなる。ピアノを聴きに来てくれるお客さんを前に、自分の何かというのはあまりなくて、やっぱり、お客さんの中にいる億千万のざわざわに、「思いっきりやりない」と、わっしょいわっしょい加勢したくなる。そう思えると、力が奥底から湧いてくる。

にこ

２０１６年４月

梅が咲いて、さくらんぼが桜のように咲いたら、山に辛夷《こぶし》の白い花がぽんぽんぽんと打ち上げ花火のようにふくらんで、桜、桃、梨、八重桜と順ぐりに、あっという間に花々が開いては飛び去っていった。

うちの家は山の谷間の中腹にあるので、風が下から吹き上げてくる。だから、花は散るというより鳥のように大空に飛び交ってゆく。畑に下りてみると、高く積み上げた焦げ茶色の畝の上に、満天の星のように花びらが落ちている。風がびゅっと吹いて、桜の花びらが目の前の景色いっぱいに舞った。

ただでさえ、あたらしい草花の芽や虫や鳥たちが一斉に表に現れて、命がぱちぱちしていたところに、上も下も、どこもかしこも光り輝く花びらがぴかぴかで、この受け止めきれない想いは感動というものでは済まず、躰中の細胞が打ち震えて幸せを通り越した。まるで、あの世を見せられているような、うれしくて溶けてしまいそうな悲しくて儚いような気持ちになった。

あまりの光景に思わず部屋の中に入って、ゆったりと窓越しに楽しむことにした。気を抜くと、ふっと何処かにさらわれてしまいそうだった。

◎

以前は、秋の落葉に老いのはじまりを感じ、冬の幹と枝だけになった寂しい立ち姿に死を連想し、春の晴れ晴れしい開花にあたらしい命の誕生を見ていたが、今年は、春の花に死を想った。

次にやってきた黄緑の真新しい芽吹きにこそ、ういういしいあらたな命の誕生を見た。

これから夏に向かって茂りに茂った緑の葉たちはあふれんばかりの陽の光を集めて、盆が過ぎるとその光の力を根の世界に下ろしはじめる。

閉ざされた冬が来て、光は木の内部でぎゅっと凝縮されて色や香りへと生まれ変わってゆく。

そしてついに春、色と香りではち切れんばかりの花となった光の精たちは、1年かけて集め育てたその色を、その香りを、その魂としかいいようのないものを、そこいら中にふりまいて、あっという間に遠い遠い天へと舞い去っていった。

残されたこの世には、その柔らかな魂がふわふわと、辺り一面に、あたらしくやってきた光の粒たちをそうっと包みこんでいて、色や香りや、あたらしい歌が、どこもかしこも満ちている。

これを祝福と呼ばずに何と呼ぼうか。

すくすくと

2016年6月

僕のコンサートに来てくださった方ならご存じのとおり、僕の演奏にはムラがある。すうっと、はじまりから音の世界に入り込める時もあれば、急に音を出したくなくなってしまう時もある。指を動かせば曲は弾けるけれど、自分と音と場所が一体にならないというか、どこにも何にも繋がらず、舞台の上で、ただポツンとしてしまう時だってある。そういう時は、ほんとうは弾きたくないのだけれど、諦めずになんとか、いつも音が楽しめる音楽がうまれてくる「特別な感覚」に入れるようにピアノを無理矢理に弾いてみるのだけれど、まあうまくいかない。ふっと諦めて、目の前の現実を改めて見てみると、やはりポツンと独り暗がりの舞台の上でピアノの前に座っている。

お客さんがたくさんこちらを見ている。ああ、どうしようと、家だったら諦めて寝てしまうな、でもまあ、舞台に上がってしまってるからな、ただそれだけのことやなあと、さらに力を抜いてみると、「今日は、僕の日ではないのかもしれない」とそういうことが浮かんでくる。それでお客さんからの視線を感じてみると、こういうことを奏でてほしいというのが、なんとなくあって、そういう気配を送ってくれた人と会話するように弾いてみると気持ちよく音楽が進んだりする。

おかしなことに、ぐぐっと集中して演奏していると、僕の中に誰かがふっと入ってくる時もある。憑依みたいなもので、僕が今まで接してきた人たちの塊みたいなものが、ふっとやってきて、僕の中でいろんな表情を見せる。自分にはなかった感情や伝えたいことが、僕の躰を通って、音になって出ていくような気がするけれど、「ああ、どれもこれも、僕がこれまでに思ってきたことや。忘れてただけや。こういうふうに心に触れてほしかったんや」と、自分で鳴らした音を聴いてようやく自分の心と出合えたりする。

◎

バサバサバサッ!! 目の前でおおきな鳥が飛び立っていった。「あれは、ヤマドリや。ほれ、見てみ。卵が7つある。前に来た時は9つあったんやで」、ハマちゃんがいきいきしている。「ここいらは竹が生えてきよるでな、小さいうちに切り倒しとくんや。この前、私が見たから、かわいそうに巣を動かしとるわ」。よく見ると、60センチほど巣を引きずった跡がある。急な山の斜面の誰も通らない、気づかないような場所で、ヤマドリがひっそりと卵を温めていた。僕らが山を下っていく間も、ヤマドリがずっと空を旋回している。悪いことしたな、でも見られてよかった。

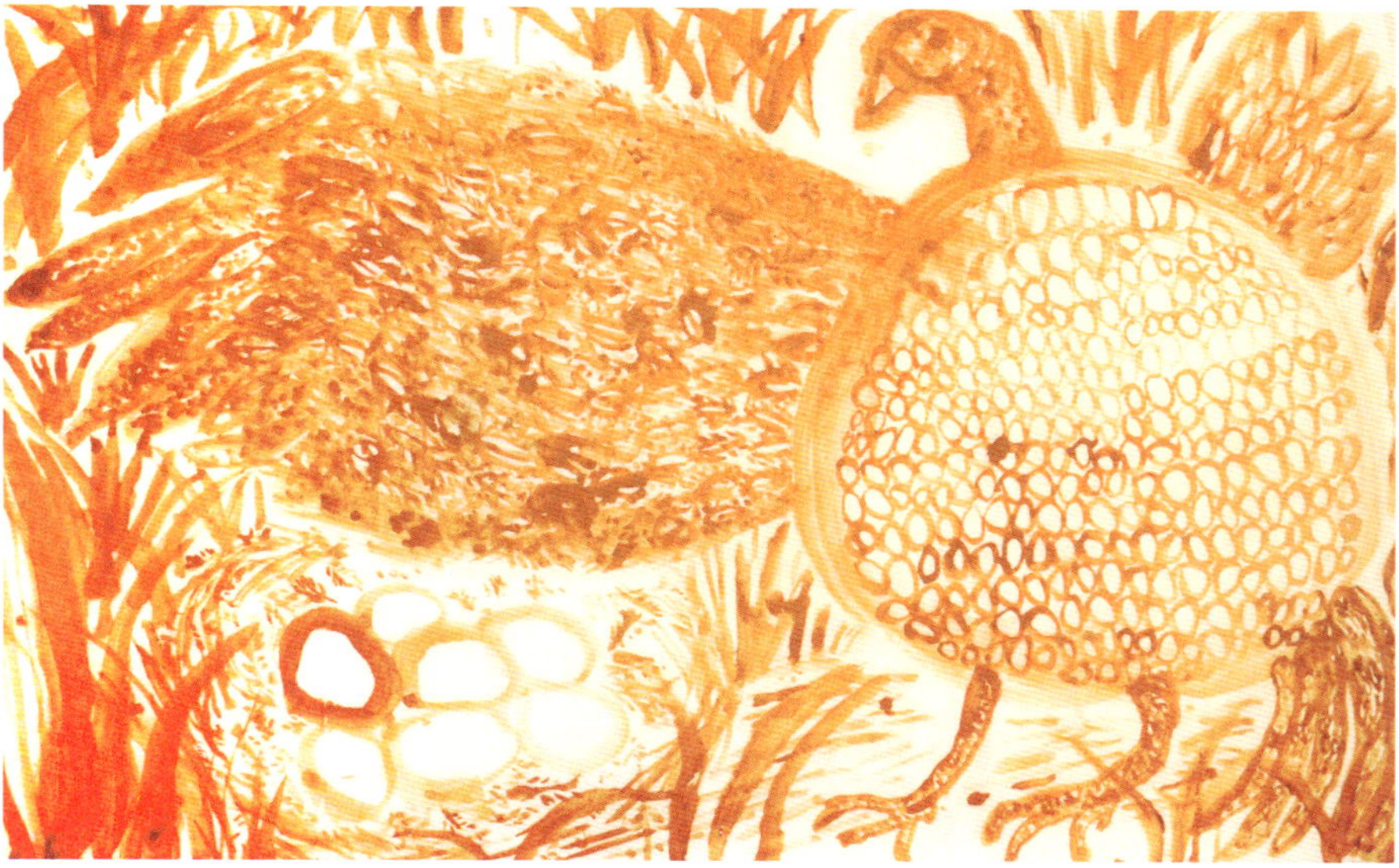

「そんなとこ登って、何しとるん」、エッちゃんが家から出てきたので井戸端会議になった。その間もくるくると親鳥が旋回し続けているので、「見てませんよ、卵もとりませんよ」と見ないふりをしていたら、静かに巣に戻っていった。ほっとして僕たちも家路についた。道端に、キラリ、手鎌が、その下に靴が揃えて置いてある。なんぞあったか、ぞっとしていると、「ここでな、長靴に履き替えたんや。ほな、ありがとう」とハマちゃんが帰っていかれた。

10日ほど経って、「あの卵、かえったかなあ」と毎日のように妻が目を輝かせながら言うので、そろそろハマちゃんを誘って見に行こうかいと喋っていると、チンッチンチンッ！　と草刈機が石をかすめる音が聞こえてきた。「もうすぐな、市の偉い人が砂防ダムの調査に来てくれるさけな、草を刈ってたんや。見てみ、すいっと上までまっすぐにいけるでな」、ハマちゃんが今日も元気だ。「ハマちゃん、ヤマドリの卵がかえったか見に行こうか」「あんたら、昼からおるんかい。おるんやったらな、私があんたんとこの家のぐるりを綺麗に刈ったげるわ。それから行こう。いったん戻ってお昼、食べるわ」。僕らもお昼にしよかいな、と、「あっ、今日、ランチの予約をしてたわ」。近くのパン屋さんに急いで向かった。

◎

なんだかんだ、食べ終わる頃にはすっかり14時をまわってしまった。「ハマちゃんはいつも昼寝するし、昼から言うても夕方くらいやろう」と家に戻ってみると、門のところでハマちゃんが手を広げて通せんぼしている。「あんたらな、昼からずっとおる言うとったのに、おらんかった奴なんぞ通さんぞ」と、ちょっとムスッとしたスネた顔をして笑っている。ようく見ると、汗びっしょりだ。「ごめん！

お昼を外で食べる約束してたの忘れてた！　ハマちゃん、昼寝してからやと思ってた。ごめん！」。ひたすら謝る妻。とにかく謝っているのが、なんともさっぱりよいなあと思った。「今日は昼寝はしとらん。家の裏、見とおくれ。すいっと刈っといたで。あんたらが気にいるかはわからんけど」。草がぼうぼうで見えなくなっていた石垣が立派に現れて、刈りとった草もさっぱり片してあった。ありがとうありがとう、ハマちゃん。

夏のように暑い日だったので、買ってきたあずきバーのアイスをみんなで食べようと思ったら、カチンコチンで噛めなかった。「あかんわ、溶けてから食べよ」。笑いながら、足をほっぽり出して地面に座り込む。84歳のハマちゃんと34歳の妻が、きゃっきゃっと小学生の友達のようだ。

◎

「ええか、声立てたらあかんで」。そろおり、そろり。ハマちゃんを先頭に山を登ってゆく。山生まれ山育ち、もうもうと茂った草むらをするすると進む。「あそこや、あの二股の木の下や」。この前、卵を見に来た時、親鳥がびっくりして飛び立って、ハマちゃんもびっくりしてきゅうっと自分を抱え込むように縮こまってた。「私な、ここに見に来る度にびっくりしとんのや。鳥が立つでな」。そろりと巣に近づくハマちゃんの背中。ふふふ、またお互いびっくりして、きゅうっとなるな……バサバサバサッ!!　ハマちゃん、やっぱり、きゅうっと、きゅうっとなった。

巣の卵はまだかえってなくて、7つから4つになっていた。「なかなか巣立つ鳥はおらんで。みんな食べられる」。ああ、無事にかえるとよいな。巣立つとよいなあ。

はなわらう

2016年7月

空に向かって、にょきにょき伸びたタチアオイの花が満開だ。「下の方から順番に咲いていっとるやろ。一番てっぺんの花が開いたら梅雨が終わりや」。村の入り口をいつも綺麗にしてくれているユキさんが、うれしそうに教えてくれた。

赤桃色の大きな花がてっぺんまで咲くと、ほんとうに梅雨が晴れて、一斉に蝉やひぐらしが鳴きはじめた。すると、川の向こうの畑からもくもくと白い煙が立ち込めてきて、「さては、タヅコさんが盛大に草刈りしとるな」とよくよく眼を凝らして見ると、煙の中に腰のまがった愛らしい人影が草をかき集めて行ったり来たりしている。この光景を拝めると、僕なんかは、いよいよ夏が来たなと思う。

最近は、いろいろな用事が立て続いて、いろいろな場所に出向いた。今回は沖縄の話。

何もかもが野生的だ。うちの庭で見かけるサワガニは、掴みたくなるようなかわいい大きさだけれど、南の島では、こぶし大のごっついカニが道路の端をガッガッ歩いている。朝陽を見に浜辺に行ったら、カサカサカサカサとこそばゆい音を立てて大量のヤドカリたちが岩を登りだした。どのヤドカリも薄紫や黄緑やピンクの海と陸が混じり合った色とりどり、形とりどりの素敵な家を背負っていて、生き物がそのままで生きているのをこうして見ているだけで、こちらの細胞がぎゅっと元気に沸き立ってくる。

◎

そんな賑わしい海から少し山に入ったところに大きなガジュマルの木があって、友達のキッちゃんたちが引き継いだ藍の製造場がひっそりとあった。藍染めを体験させてもらいにやってきたのだ。

◎

早速、汗びっしょりになりながら皆で琉球藍を刈り取っていく。400キロもの葉を刈り取って、そのまますぐに水を張った巨大な壺に沈め込んでいった。重しをのせて2日。葉から藍の成分が溶け出して、水がエメラルドグリーンに輝いている。そこに石灰を投入して、5、6人で輪になって櫂でかき混ぜ続けると、見事な藍色の泡が沸き立ってきた。なんて深い色なんだろう。自然から取り出した、このどこまでも素朴でどこまでも吸い込まれるような複雑な色に、いったいどれだけの時代の人たちが魅了されてきたことだろう。

早速、布を浸して染めてみた。3分ほど漬けては乾かし。思った以上に優しくゆっくり染まっていく。そうしているうちに、すっかり沖縄の空気に馴染んで心がゆったりしてきた。自然と共に生きていると実感する以上に、幸せなことがあるだろうか。

◎

ガラガラッと窓が開いて、この製造所でずっと暮らされているおばあさんがうちわを扇いで涼んでいる。側に寄ってみると、妻が楽しそうに喋り込んでいる。「おばあちゃん、藍の唄をつくったんでしょう？　聴かせてほしいな」。するとおばあちゃん、「私がつくったんじゃないよ。おじいがつくったよ。私の夫ね。レコードがあるから持ってくるね」。

ここに来る前に、キッちゃんから話を聞いていたのだ。「ここの製造所はね、引き継がさせてもらって5年になるんやけど、私たちがやってきた時、ちょうど製造所を閉めようとされていたのね。引き継ぎ手がいなくなって。それで、なんとか私たちに引き継がせてもらえないかとお願いしたのね。その時ね、おばあの旦那さまは入院中やったんやけれど、やっていいよと言ってもらえて。でもね、そのあとすぐに亡くなられて。不思議なご縁やったの。この前ね、おばあが藍の唄を唄えるよって言ってたんやけど恥ずかしがって。ずっと聴かせてもらえてないんよ。どんな唄やろね」。おばあさんが、家の奥から古いレコードを持ってきてくれた。優しいしっかりした声でこう唄われた。

「昔《んかし》ちたわたる　藍《あい》ぬ里島《さとしま》や　湧水《ちゅうみじ》ぬ清《ちゅう》さ　水《みじ》と共《とも》に」
「染《す》みてぃ染《す》みなちゃる、人ぬ肝情《ちむなさき》藍《あい》ぬ色々《いるいる》に　まさてぃ美《ちゅら》さ」

やっぱり、ここで暮らされてここで働かれていたご主人が書いた唄で、ぴったりと土地と家と、藍と、時が人が、魔法のように混じり合う。唄はいろいろを繋ぐなあ。おばあさんも、ようやくキッちゃんに唄えたので、とてもとてもうれしそうだった。

◎

それぞれの土地、それぞれの世代で、見聞きしたもの感じてきたものが違う。だから時には「年寄りの好みはようわからん」となったり「若いもんは何考えとるかわからん」となるのは当たり前だけれど、ほんの少しでも、ぐっと寄ってみると、そういうところを楽しんでいたのか、そういうところを愛でていたのかとわかる時がある。

そんな中でも、僕なんかは、笑えるものが好きだなとよく思う。「笑える」というのは、おかしいというのではなくて、「晴れた」ということ。そのつくり手の、唄い手の、ぎゅっと秘めた想いが花咲いて、わわわわっと、てっぺんまで花が開いて、ようやく梅雨が晴れた。そういう時、僕の村のおじいさん、おばあさんは「やった、やったじょ」と手を叩いて歓ぶ。誰かが何かを成し遂げた時、「やった、やったじょ」とうれしそうに手を叩く。

ひとつ花が咲くと、種が無数にできて、そういうことやから。

ほっほ

2016年9月

「あんたんとこの白菜が、一番よう育っとる。今回は私の負け」。ハマちゃんが、にっかり笑っている。

このところ、朝、目覚めたらそのまま畑に下りるようにしている。大根や白菜の葉をむしゃむしゃ食べている小さな青虫や毛虫を、指でつまんではギュッとする。今までは虫に食べつくされておしまいで、「あんた、かわいそうやわ。野菜が」と、見かねたハマちゃんがほんとうに悲しそうな顔をするので、心を入れ替えて、虫と向き合う。葉に集まっている虫のうち、特に蜘蛛はほかの虫を食べてくれていそうで、蜘蛛がいると「お願いしますよぉ」と声をかけ、蜘蛛がいやすい環境ってどんなだろうと考えたりする。なんにせよ、うまくいかなかった野菜も、少しずつ育つようになってきた。

秋のはじまりは、春のそれと似ていて、小さな花々が咲きあふれ、虫や蝶々が飛び交い、つがいが愛し合い。春と違うのは、隅々まで満たされていくことよりも、大きな余白、なんにもないという空白にこそ、満たされた心地よさを感じる。熟されて、実は他者に、ただ種をつないで。

◎

昨年の秋にはじめた『山咲み』というコンサートが、とてもよい感じで続いている。最初は、歌って奏でるだけの舞台だったのが、回を重ねるごとに「私も参加してみたい！」と言ってくれたり、「参加してみませんか？」とこちらがお願いしてみたり、気がつけば、踊りや和太鼓や紙芝居や、茅葺き職人たちが祝いの花咲く木をつくって披露してくれる、なんでもありの祭りのような舞台に育っていった。

　自分の暮らしが変わったことや年齢のこともあると思うけれど、以前と違って、「こうあらねばならない」という思い込みがなくなってきた。例えば、ミスタッチと言われる、間違った音、鳴らしてはいけない音を弾いてしまったとしても、それがほんとうに間違いなのか、よくわからなくなってきた。人生、いつも同じ道を同じように歩くものだと、そう思い込んでいても、ふと一歩、違う方向に踏み込んでしまった瞬間、そこからぱあっとどこまでも広がっていくあたらしい世界があったりするものだ。

　いつでも正確に同じように演奏できるのは、それはそれで素晴らしい能力かもしれないけれど、諦めた。それよりも、間違いが発火点となって、こんなことも可能なのか、こんなことやってしまってよかったのかと、今まで気づいて

いなかっただけの、ありのままの世界に飛び込めるほうが僕の人生にはよい。だから、演者の誰かが思いつきでいつもと違う演奏をしてくれたり、もしくは間違ったりしてくれたら、「おっ、ここから何処に行けるのかな?」とワクワクするようになってしまった。

普段の生活もまるで同じで、ぐっと同じところで悩み込むよりも、一歩身を引いて、置かれた環境にたゆたって、心やすく機嫌よくいれたほうがどれだけ自分も周りも楽なのか、思い知るようになってきた。何においても、お天道様に見られても恥ずかしくないように、毎日を過ごせたらと思う。

◎

そう、この夏は毎日のようにピアノを弾いていたから、蝉とよく奏でた。蝉は外に出てからの命が短いというけれど、同じ夏に同じ場所で暮らしているのだから、一緒に盛大に奏でようやいと、どどどどどっとピアノを弾いてみると、じじじじじみみみみみと強烈に歌い返してきた。わあっと盛り上がると、きききききき、落ち着いた演奏をすると、ひーひーひーひーひー、曲の展開に合わせて歌い方を変えてくる。

しっかり聴いてくれているのだなあ、ピアノに合わせて歌ってくれているのだなあと、今までそう思っていた。でも、今年、はじめて知った。よくよく聴いてみると、なんと、曲が展開する少し前に歌い方を変えてる。

試しにここから盛り上がるよっというところで、わざとおとなしく演奏してみたら、「これは思ってたのと違う」と言わんばかりに、しゅんと一瞬のうちに蝉の気配が消えた。びっくり。蝉のほうが僕のピアノを導いていたのだ。むむむ。蝉が歌いたいように、その歌いたい気持ちに合わせて僕はピアノを弾いていたのか。

ああ、これは何にでも言えるなあ、相手がこうなってほしいと願っている気持ちに合わせて、やはり私なんぞは、ほっほしていたら、それがよろしい。

◎

「一緒にご飯食べようかい」。ハマちゃんと時々一緒にご飯を食べる。「ひとりで食べてたら味がのうて食べられへんけんど、大勢やとおいしいわ」。餃子を焼いたりするのが僕の役目。「この前な、私の誕生日にケーキが食べられるなんて思いもせんかったわ。あんたの誕生日いつや。今度な、あんたの誕生日にケーキ食べよう。ケーキなんぞ、ここらでは手に入らんさけな。そうや、すき焼き食べよう」。

5

よはく

歌が大好きな二人は、集いがある度にたくさん飲んで、手拍子だけで昔の唄を唄い出す。とてもうれしそうに唄い出す。「あんな、かっちゃん。歌ちゅうもんわな、自然と歌いたくなって歌うもんや。自然と出てきたくなって出てくるもんや。そうやろ」。

ユキさんたちは自分たちが唄い終わった時や、誰かが気持ちよく唄い終えた時、必ず「やったやった」とか「でけたでけた」と言って喜んでいたけれど、もしかしたら「出た出た」と言っていたのかもしれないな。人の中から、歌が出てきたくて出てきたのやから、それはめでたい、手を叩くほどうれしいことやなあ。

あいらぶゆ

2016年10月

この星は、宇宙から見るとやっぱり丸くて、それはそれは青くて、うっとりするんだろうなと、きちんと想像させてくれるようなどこまでも青くて高い空に、音の波のような雲が渡っている。雲の形が何に見えるかを言い当てたくなる季節と違い、秋の雲は、どんな音を出したらこんな雲になるのだろう、この雲の形からどんな音が聞こえてくるだろうと、そんなふうに心が遊びだす。

◎

秋の大祭が今年もやってきて、この晴れ晴れとした天気のように、村中のあらゆるものものが、なにやら音を発しているような賑やかな雰囲気に包まれる。夜になると、若い男衆が公民館に集まって、祭りの準備に取り掛かる。子どもたちに祭囃子を教えるのだ。

笛、鉦、太鼓に三味線。子どもの頃に、自分も同じように大人たちに教えられ、山車《だし》に乗って奏でた同じ旋律を、今の子どもたちに引き継いでいく。一応、楽譜のようなものが残っているものの、どのように伝えるかは、口伝えであって、そして実際に楽器を演奏してみた体験からしか伝えることができず、その教え方はなんともぼんやりしている。けれど、「山車の演奏といったら、こんな感じや。ここはもっとゆっくりや。ほっ、イーヤー！　掛け声はもっと大きい声出さんかい。よし、今晩の練習は終わりや。遊ぼか」とゆるやかな練習を繰り返すうちに、昔から連なっている、この土地ならではの素朴な祭囃子へと確実に仕上がっていく。子どもたちの顔つきも、人というよりは山の何かであるような、ごく当たり前のように自然の一員であるような、言ってみれば、かみしゃまの似姿に近づいていく。

◎

いよいよ祭りの日。出会う人、みんなが朗らかで晴れ晴れしい。この同じ山の村で、同じ景色を見て同じ水を飲んで同じ山の恵みをもらって毎日を暮らしてきたみんなが、同じようにこの日を祝っているのが、なによりもありがたい心持ちになる。子どもたちも山車の上で、今年一番の音を奏でている。

突然、「おっ、ともだち！　握手！」と目をきらきらと輝かせながら、マサシさんが手を差し出した。その迫力に咄嗟に驚いて「おおお、お久しぶりです！　祭りやね！」と握手しようとしたら、ぎゅっとうまく握れず、無理やりな握手になってしまった。そのあとも出会う度に、「ともだち！　今日は祭り！　たのしい！　握手！」と言って握手しようとしてくれた。

マサシさんは、64歳、隣の集落に住んでいて時々しか出会わないからお互いに詳しくはないけれど、会うと、その純粋すぎる眼差しに背筋が伸びて、なぜだか必死でマサシさんに追いつきたい気持ちになる。何もごまかしては駄目だという気持ちになる。マサシさんがどういう人なのかをどう書けばいいのかわからないけれど、かみしゃまに近い人だと言いたくなる。

◎

よっしゃ、神輿を担ごうと、男衆が緊張した面持ちで境内に集まった。僕も今年も担ぎたかったけれど、数日前にちょっとした手術を受けたこともあって、担ぐのは諦めて応援することにした。

必死の形相の男衆がもみくちゃになりながら、重すぎる神輿を何度も何度も揺らしては「せい

やっ！」と高く持ち上げる。なんと勇ましくて晴れ晴れしい。中に入って神輿を担いでいると、あまりにも重くて必死でわからなかったけれど、外から見ると、こんなにも胸が熱くなるものなんだ。気がついたら「わっしょおおい。がんばれ！」と大きな声で応援していた。すると、「ごおおおおおおおぉぉぉ、わあぁぁぁじょおおおぉぉぉいいいい！！！」と、とてつもない唸り声が横から聞こえてきた。マサシさんが手を固く握りしめながら、満身の力を込めて必死の応援をしている。その横で妻もつられて一緒になって「うおおおぉぉぉ、がんぶぁれいいい」と必死で大声を出している。さらにつられて、隣の家のヒロシさんが「おい、かっちゃん、応援したれや。わしもいくぞ！　うおおぉおおい、わっしょい！！」と怒涛の雄叫びをあげた。かつて、若かりし頃、この神輿を同じように担いだヒロシさんにつられて、周りのおじいちゃんたちも雄叫びをあげた。僕もつられて、よく覚えていない声で必死に応援し

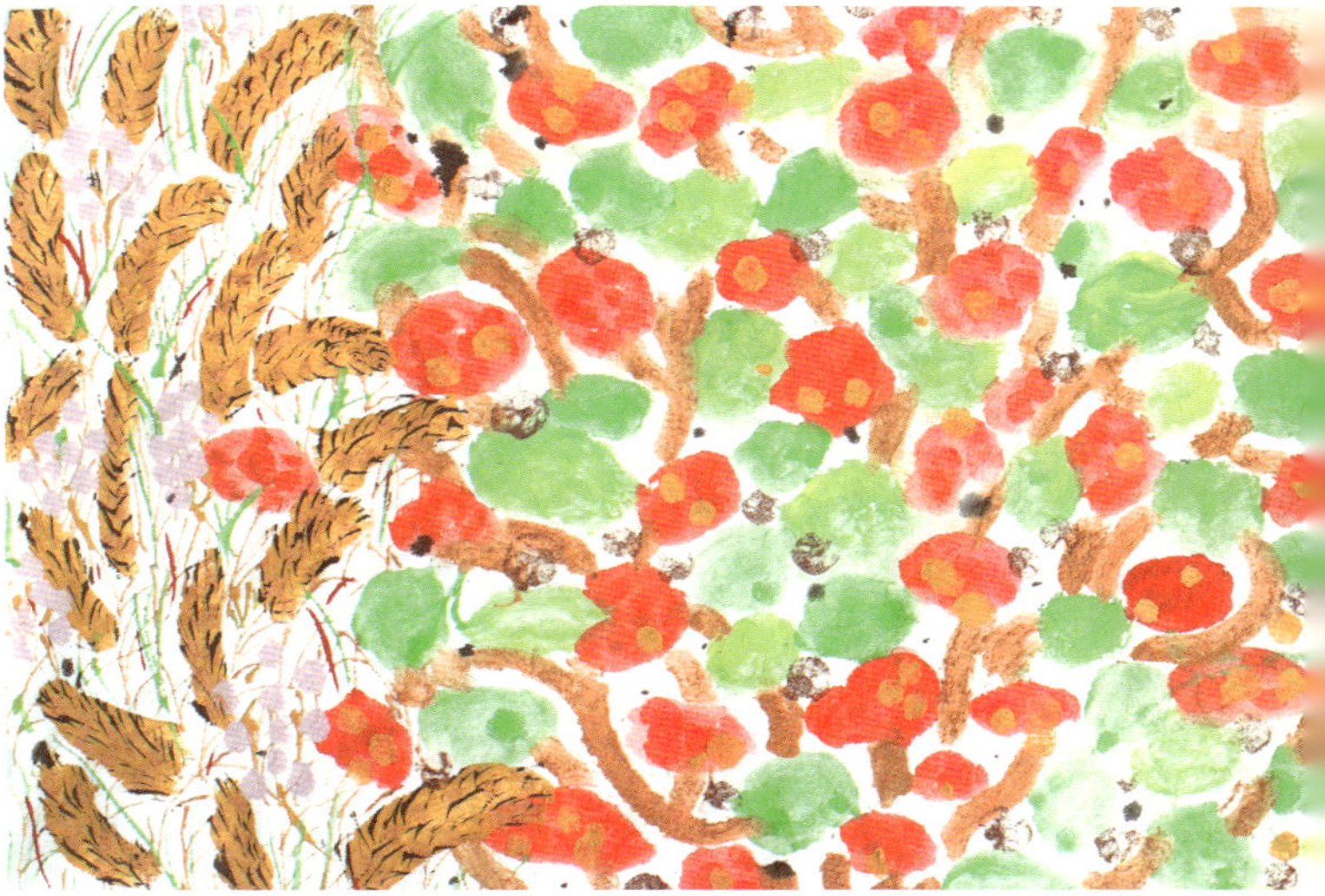

ていた。

◎

帰り際、マサシさんがこの日、何回目だろうという握手を、やっぱり目をきらきらさせて、今度は「アイラブユ！　アイラブユ！」とおっきな声で手を差し出した。力いっぱい握り返した。がっしりと握りあえた。

やがて

2017年1月

ウーーー、ピーポーピーポー。大晦日も直前の29日、朝早く、救急車のサイレンが谷じゅうに響き渡った。何事かと目覚めると、妻は、ぱっとそこらにあったものを羽織って一目散に家を飛び出していった。僕も急いで着替えてあとを追いかけていったものの、意識がはっきりしない。ハマちゃんの家とシヅさんの家と僕たちの家を結ぶ鎌ん坂を駆け下りていくと、救急車が止まっている。ハマちゃんの家の前だ。目が覚めた。そういえば、数日前に「気分が悪おて、もどしてしもた」と言っていた。「テレビでやってたノロウィルスかもしれん」と半ば冗談で言っていたのかと思っていたら、ほんとうにそうだった。集まっていたマサミさんやエッちゃんの話を聞くと、大事には至ってなくて、ひとまずほっとする。

病院に着くと点滴を打ってもらっているハマちゃんが弱々しく、「あかん、あんたらは来たらあかん。うつしてまう」と言う。横になっている姿を見て、よかったと思った。ここなら休めそう。というのも、この2週間、ずっと眠れていなくて、しんどそうだった。ハマちゃんは、身の周りで問題が起こったり心配事があったりすると、それが気になって眠れなくなってしまう。2週間前にお兄さんとちょっとした気持ちの行き違いがあって、それ以来、ゆっくり休めていなかった。横になっているハマちゃんを見て、これですべて溶けて流れるといいなと思った。

退院したと聞いたので、元日の夜に家に寄ってみると、「心配かけて悪かったな。蟹でも食べて行きない」。大勢の家族に囲まれて、ハマちゃんが身軽そうに笑っていた。

日本の「ポトゥア（インドから古くから伝わる絵巻物紙芝居師）」・東野健一さんが亡くなられた。大病で余命宣告を受けておられるのは知っていたけれど、どうしても一緒に舞台に立ちたくて、無理を言って昨年（２０１６年）秋の『大山咲み《おおやまえ》』というコンサートで紙芝居を披露していただいた。

すでに容体が厳しくなっているとのことだったので、楽屋ですぐに横になれる環境を用意していたくらいなのに、稽古場に現れるや、挨拶も手短に予定もしていなかった本気の紙芝居がはじまってしまった。それまでゆるやかに練習していたほかの演奏者たちもスタッフも、みんな静まり返った。東野さんの命を削った芸を目の当たりにして、みんなの魂に一気に灯りがついた。

僕は少し離れたところで、今まさに、すごいものを与えられ受け取ってるのだなとぞくぞくしていた。本番の舞台上での東野さんはもちろん素晴らしかったけれど、僕は、あの日の稽古場の、子どものように衝動を抑えきれないまま、お客さんもいない、まったく何も用意されていない場所で急にはじまった東野さんの本気の大舞台が、心に焼き付いて消えない。

◎

ギッ!! 大きな怪物がむくりと起き上がったような唸りが響いて、天井を見上げる。そうか、ここは家の中ではなく、怪物の胃の中だったかと思い巡った瞬間、どおどどどおおぉぉ、大量の雪がなだれ落ちて、あっという間に家のぐるりを背の高い雪の壁が覆っていった。この大雪が冬の終わり頃にやってきたなら、うんざりしていたかもしれない。今はまだ冬のはじまり、その真っ白なふくらみが、何もかもを覆い尽くして、ただただ美しい。

数年に一度の大寒波が迫っていると早くから報せが届いていたので、10日くらいはやっていけるようにと、畑で野菜を多めに収穫し、山で大量に柴を拾い集め、薪をすぐに使える位置に運び直した。食料も暖も十分な備えがあるので、今年は雪と闘わずに、太陽が解かしてくれるまま、雪に閉じ込められたまま、ゆっくり過ごしてみようかと思った。雪が降るままに任せていると、集落から我が家へと通っている一本道は分厚い雪に覆われてしまい、車はおろか、とても歩けない。「お届けの荷物を預かっているのですが、すみません、雪でそちらには向かえません」と宅配屋さんから電話が掛かってきた。家の外に出てみても、雪がしんしんと吸い取ってしまって、村人の気配もすっかり消えてしまった。時折、鳥が甲高い声で飛び交っては、ようやく見つけた南天の実や桜の蕾などをくわえ飛び去ってゆく。あとには静けさというより、なんにもない。あらゆるものからの繋がりや縁も、何もなくなってしまったようにさえ感じる。

　ああ、ほんとうに山にぽつりだな。はて、ここでいったい何がしたかったのだっけ、不意に、孤独、寂しさ、頼りなさが襲ってきたかと思ったら、ほっと、ほおおっと、ようやく「自分に還ってこれた」安心感があった。外界から閉ざされて、気にすべき要素が減ったからか、ぎゅっと自分の内側に入っていける通路がぽわんと開かれた感触があった。すると、ああ、今年はこういうことに挑んでみたいなとか、こういう準備を今からはじめたいなと、やりたいことがどど

どっと一気にあふれてきた。

陽が差し込んできて、ゆっくりゆっくりと雪を解かしていっとるなあ、今日あたり雪掻きでもするかと伸びをしていると、坂の下からわいわいと賑やかな声が聞こえてきた。「かっちゃん、雪掻きに来たで。一気に開通したるわ」。スエさん一家、おじいちゃん・おばあちゃん、息子にお嫁さんにお孫まで、凄まじい速さで雪を掻き分け上ってくる。孫のアラちゃん・イッちゃんは、雪の上をすいすいバタバタとクロール泳ぎしながら上ってくる。「おお〜い、知ってたかあ。山でも泳げるんやで〜」。がははは。さすがこの地で生まれ育った強靭パワー。あっという間に一本の素敵な道が現れて、外の世界と繋がった。家族がおるって、人数がおるってええなあ。「じゃあね〜、バ〜イバ〜イ」。軽トラに繋げられたソリに乗って、元気よく帰っていった。

◎

「よし、外に繋がったということなら、今から温泉にでも行くか」。わいわいと妻と車に乗り込み、じわじわ、するすると坂を下りていった。ずっ、ぐたん。集落の道に出るまでもなく、雪に拒まれて途中で動かなくなった。陽も暮れかかって暗くなってきた。見かねたヒロシさんが「こうぉりゃ、どおしたんじゃい」とスコップ片手に家から出てきてくれて、一緒に車を脇まで動かした。「ありがとう、ヒロシさん、びしょびしょやね。もうすでにあったまって、一杯やってゆっくりしてたんやろうに。ごめんね」「なにうぉい。昼からやっとるわい。がははは」。

家まで歩いて戻りながら、やっぱりもう少し家にこもっていようと思った。慌てんでよい。ゆっくりゆっくり、何もかも解けていっとおわい。

呆れるくらい降り積もった雪がようやく解け出して、久しぶりに地面が顔を出した。背の低い子どものような草や、たんぽぽのように横に這いつくばっていた草は、相変わらず元気そうで、むしろ雪の布団で温《ぬく》かったかいねと、確かに雪がなかったらなかったで、毎朝降りてくる霜のほうがいちいち堪えるのかもしれない。

朝、目覚めると、窓一面に見事なつららが何本も何本もぶら下がっていて、陽が射してくるときらきらと黄金の光が揺らめいて、山にも海があることを教えてくれる。

あたたかい

2017年2月

「うおぉい。ようやっと解けてきよったな」。回覧板を手にヒロシさんが坂を上ってきた。ヒロシさんは、いつも口数が少ない。ぶっきらぼうに見えて、世に言う父親のような迫力があるので、越してきた頃は僕も緊張していた。でも、一緒に大峰山を登ったり、銭湯に入ったりしているうちに、無口に見えるだけで、ほんとうは言いたいことがあって、それはきっとなんでもない、心に浮かんできた、もやもやっとした煙のようなものなのだけれど、言葉になってはくれず、最終的には「んっ」と結んだ口から漏れ出たひと言にすべてが集約される。

ほかに言葉がないので、この沈黙が気まずく、ばばばばっと無闇な言葉を並べてごまかそうとしていたけれど、慌てずにふうっと、ヒロシさんの周りに漂っている空気を味わいたいなと思えるようになってからは、この「んっ」から、ヒロシさんの豊かな情けや心に浮かぶ多彩な色が感じられるようになってきた。「また寒くなるじょ」と手で軽く会釈して、ひょこひょこした後ろ姿が遠ざかってゆく。

この村の人たちの去り際は、いつもあっけない。「ほな」「さいなら」「ありがとう」。別れの挨拶をしたら、ぱっとその場で、その瞬間、別れたことになる。いつまでも振り返ったりしない。ただ背中が遠ざかってゆく。若い人同士でやるように、小さくなっていく姿に「またね～」と叫んでも反応がないので、挨拶のあとは気持ちを切り替えて、さっと自分の世界に戻るようになった。

とはいえ、去っていった背中から、なにやらぶつぶつ声が聞こえる時があって、「ん？　もしかしたら見送りに一緒に並んで歩いていると思い込んでる？」と走って追いかけてみると、「ここらの木は切ってしまわんといかんじょ。実がつかんじょ」と言うので、「そうやなあ、今度切ってみるわ。また切り方教えて」と返してみるも、そのまま歩き続けて、やはりさらなる「ほな」などの別れの挨拶もなく、黙々と去っていった。はて、独り言やったのかもしれん、いや、やっぱり見送りに一緒に歩いてると思ってくれてたかもしれん、どちらにしても、この村ではよくある風景のひとつ。

◎

げんしょば～ば、げんしょば～ば、やまし～も～や、そっこ。

今度は、一人暮らしのシヅさんに回覧板を届けようと鎌ん坂を妻と歌いながらくだってゆく。裏庭からぐるり、玄関へと回っていこうとしたら、なにやら人の気配があるので、そっと覗き込むと、家の外壁の僅かにくぼんだ隙間に、小さく縮こまったシヅさんが座り込んで編みものをしていた。シヅさんの

周りだけ、ほっこり黄色い陽だまり。なんだか、家がふわふわのお母さんのように、シヅさんをすっぽり抱きかかえている。

「ああ、ここだけ陽が射しよるんです。なかなか陽もないですから、あるうちに浴びとこ思いまして。編みもの言うても、編んでは解いて、編んでは解いて、なかなか進みません」。そうか、シヅさんは生まれてから98年間、ずっとここで暮らしてきたんやものね。それで、こうやって、ここだけ陽が当たって、あたたかさに包まれて、赤子が陽だまりで気持ちよさそうに寝ているのに似て、なんとも、ああ、この瞬間に立ち会えてよかったなあと、ええもん見させてもらいましたと、しみじみ何かに感謝したくなる。なんでもない、村のよくある風景のひとつ。

◎

ああ、人も、僕も、誰かに何かを届けよう、伝えようと、必死になりがちだけれど。欲しいものを手に入れよう、受け取めようと、必死になりがちだけれど、もう十分にそこら中にあふれているものを、ただ受け入れるというのが、ほんとうはすべてなのではと、最近よく思う。自分に必要なものは、自分の周りにすでに揃っているということに、もっともっと気づきたい。

ぶらりとどこかに旅する時、ピアノが弾けなくなるので、そうだ、電池で動く小さな電子キーボードがあれば、どこでも演奏できて楽しいだろうなと実際に持って行ったりもしたけれど、旅先でキーボードを弾いたところで何か違うとがっかりするだけで、楽しくなったためしがない。もうここにはピアノがないのを受け入れて、この目の前に広がる、浜辺に打ち上げられた無数の石たちに触れてみる。石で石を叩いてみると、ひとつひとつ違う音がする。この石は高い音、こっちは低い音。どんどん楽しくなってきて、いろんな音の出し方を試してみる。

ああ、これはピアノだな。これが僕が探していたピアノだ。ピアノだ。

あらた

2017年3月

んん～っと、春めいた陽射しに伸びをしていると、ひょこりひょこり、小川を下から登ってくる人影が見えた。ハマちゃんだ。「お～い、ハマちゃ～ん。朝から何しとるの？」「あんなっ、枝やら石やらをな、こうやって、ほれっとっ！　どかしていっとるんや。大雨が来たら、つっかえて、そっこらへん水があふれ返りよるで」。

そうだそうだ。ふた月もすると、春の滝のような大雨がやってきて、何もかも流してしまうくらいの急流が押し寄せてくるのだった。雪の重みに耐え切れずに折れ落ちた枝が、小川のあちこちに突き刺さっている。大きな力でも、ぴやっと流れ去ってくれる分には大丈夫だけれど、枝やらなにやらで詰まってせき止めてしまったら、水が一気にあふれ返って大変なことになってしまう。川は、滞りなく海につながっていないといかん。

◎

そういえば、数日前にも、これまたハマちゃんが、こんもりと草が覆い茂った鎌ん坂の手つかずの丘に、手鎌でぎゃいぎゃいと草を刈り刈り、あらたに道をこしらえながら登ってきた。「昔はな、ここに道があったんや。あんたんとこの家に住んどった、マスエさんがつくったんやで。私のちっちゃい畑のとこからな、すっと上まで。ほんとうは変電所のところに抜けたかったけど、いばらが生えとって、どうしても刈れん。しゃあないから、キウイのとこ抜けた。そのうち、ガードレールに頭ぶつけるで」。ひょいとガードレールをくぐって、にかっと笑う。「これであんたんとこに、すぐ来れる」。

◎

今年は大雪が降ったりで、冬の間、村のみんなも家にぎゅっと閉じこもっているようだった。珍しく誰に会うでもなく、こつこつとCM音楽の仕事をしていた。

映像に合うように音楽を考えるのだけれど、まったく何もないところから自由に考える機会は、実はあまりない。それよりかは、若い頃につくった曲や、ちょっと前につくった自分の「代表曲」に似た音楽をつくってほしいという依頼がほとんどで、そう頼んでくれるのはうれしいことだけれど、実現するのはほんとうに難しい。「いやいや、あの時に奇跡的にできた曲ですから。あらゆることをやり尽くして、余計なものを省いた結晶みたいな曲ですから。あの曲の周りには、草一本も残っていないですよ」と断ってしまいそうになる。

ものは試しに、実際にピアノを弾いてみても、「こう考えて、こうやるから、こうなってる」と、うむ、まったく同じ曲が出てきてしまう。同じ人間が、同じ考えで、同じピアノを弾くのだから、だいたい同じ曲になる。過去の自分の真似をしていても、すっかりおもしろくないし、何度試みてもあたらしい曲なんて出てこないので、何をやってるんやあと諦めてしまいそうになるけれど、ふっと、力を抜いて、まだ見ぬ可能性があるに違いない、だからこそ依頼があったのだと踏んでみる。答えを探し出せるのは自分しかおらんと、そう強く思い込んでみる。

◎

あの時、うまれた曲は、たくさんの先人たちからバトンを受け取って、そして自分の人生に起こったいろいろが、出会った人々やもののと、ぎゅっとひとつに結び合ってうまれた。なにより、自分がいたからこそ、自分が手を動かしたからこそ出てきた曲なのだ。その曲の続きを、自らの手であらためてみる。過去の自分を真似る、自己模倣というと、悪いように思うかもしれないけれど、自分がやってきたことを愛すること。心底大事なことだと思う。

世に出ると、いろんな人が褒めてくれたり、励ましたりしてくれるけれど、一番根っこのところで、やっぱり自分をいたわってあげたい。よくやったなあ。よくぞ、こんな表現に辿り着いたなあ。続きは、僕こそが、僕こそが続きをやるわと覚悟を決めると、何もないように思えた大地に草や花が、ぽんぽんぽんと、芽が出てきたかと思ったら、一気ににょきにょきとまだ見ぬ世界がこんなにもあったかと懐かしく新鮮な歓びに包まれる。

◎

あたらしくつくる、あらたに生み出すというのは、「あらためる」ということなんだと最近わかってきた。表現したいことは、昔から、子どもの頃から変わらない。

言ってしまえば、内にある「かがやき」を、外に放出して感じられるようにしたいだけだと思う。たったそれだけのことなのに、毎年毎年、毎日毎日、あたらしく挑戦しないことには触れることができない。前と同じ方法で試みたところで、まったくうまくいかないのだなあ。きっとあらゆることが、そうなのだ。試みは、道は、あらためなければならない。以前通った道には、いばらが生えている。

◎

「長い芋もっとるかい?」。ハマちゃんがビニール袋片手にやってきた。「長い芋ってなに? ああ、メークインね。持っとらんなあ。男爵とか丸い芋やったらたくさんあるから、いっぱい持って帰って」。まだ畑に植えるには早いと思うけれど、早めにやってしまうのがハマちゃん。「畝の準備もしてあるでな、あとは種芋を入れるだけや。あんたんとこも、早うしない」。んん〜っと、久しぶりに鍬《すき》を担いで畑に降りる。大根や人参や白菜や、ようやく余るほどに実ってくれたうれしい景色の中で、よしっ、ここにも畝をこしらえるか。ほっほっほっ。できるだけ、ふわっと空気を送り込むように、硬い土を崩してゆく。土を寄せてどんどん畝を高くしていくと、畝と畝の間にくぼんだ道ができた。平らだった地面が凸凹の迷路みたいになって、その姿は腸に似ている。凸凹することで、陽が当たる面積が倍以上に広がった。

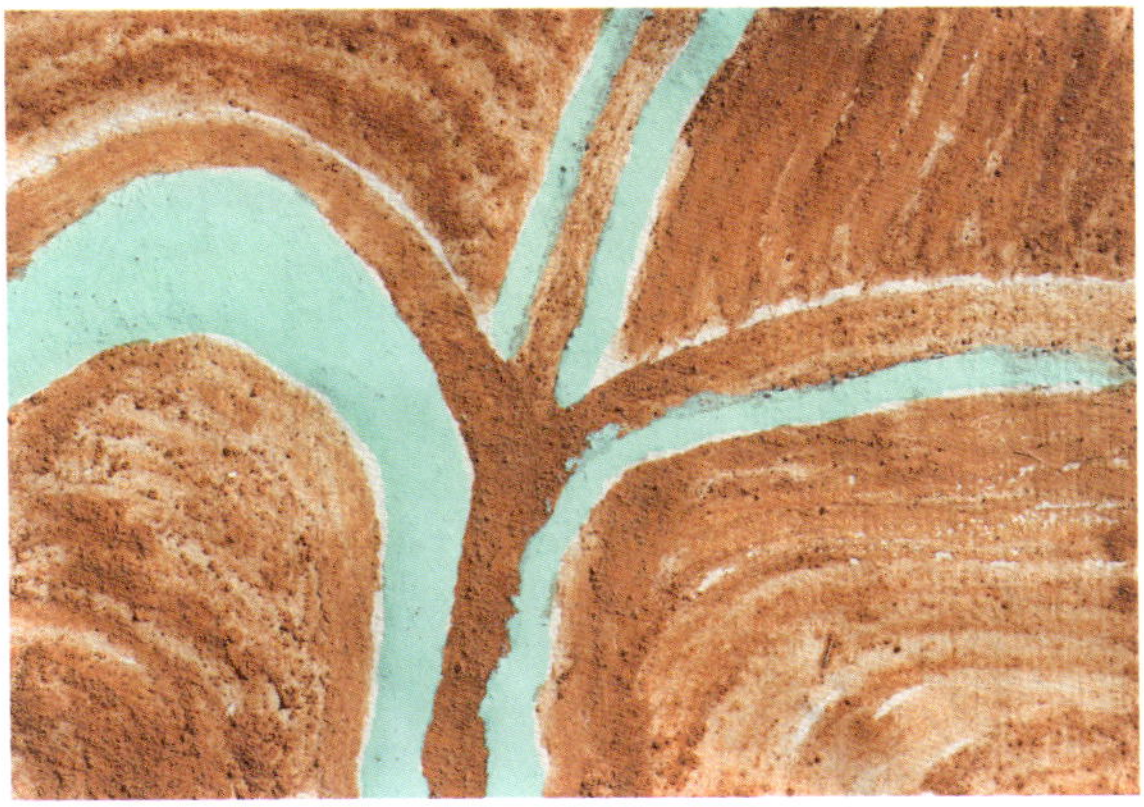

ちょっとずつや、ちょっとずつや。豊かに実るは畝の上、私が歩むは谷の道。それでよい。踏みあらためる、私の道。踏みあらためる、魂《ひ》と魂《ひ》のちぎり。

たぷんたぷん

２０１７年４月

この3月に行ってきたソロモン諸島から帰ってきてからも、心地よい、たぷんたぷんとした海の余韻が躰に残っている。消えてしまうのがもったいなくて、なんとかこのままの感覚を保ったまま日々を過ごせないものかと思っているけれど、こんなことをきちんと感じた旅ははじめてかもしれない。

◎

どこまでも透明な、とびきりの海。陸からでも、海の中の様子がありありと眺められる。これが海なんだ。シュノーケルをつけてぷかぷか浮かびながら海の中を覗いていると、想像したこともないようなカラフルな魚の群れが目の前にぱっと広がって、くらっとする。太陽の光が幾千の筋になって降り注ぐ中を、煌めきながら泳いでいく妻のすぐ側に小さなサメがやってきた。「わしなんか40匹くらいに囲まれたことがあるけど、大丈夫やったから大丈夫やろう」と、この宿泊所のオーナーも言っていたので慌てないでサメが過ぎ去っていくのを見届ける。

この辺りに危険なものはないと知らされていても、人間が生きていける陸とは世界が違いすぎる。足が底につかないところを泳ぐのは、死を連想してしまって怖い。ふっと水の色が深い青に変わる。そこに、ずどん、ずどんと、まるで脳みそや腸のような形をした巨大なサンゴたち。なんでこんな形と色なんだろうと、そのグロテスクな美しい姿にドキドキしながら、足を乗せた瞬間に食べられてしまわないだろうか、おかしなくらい黄色くて巨大な丸い生き物の上に足を置く。わっと水面に上がると、海の中とはまったく違う、馴染みの世界、空や鳥や木々があった。

ぽつり浮かぶ小さな島は、ぐるり歩き回っても5分もかからない。島には、ヤシの木などの植物が育っているほかは、僕たちが宿泊するコテージと、オーナーのギリたちが暮らす一軒家があるだけだ。海の向こうに見える本島にかろうじて小さな町の気配が見えるが、辿り着くのにモーターボートで15分はかかる。もちろん、水道も電気も通っていない。雨水を貯め、電気はガソリンで発電するので、どちらも最低限しか使わないように節約する。トイレは肥料にして循環させる。

遠い遠い国の小さな小さな島までやってきて、閉じ込められた空間。何もすることがないと思いきや、きらきらした波紋や色づく大空や、海の中を覗いているだけで幸せだった。

◎

外の観察が終わって、コテージに戻ってくると、今度は「やることが特にないこと」に身を委ねた。自宅にいると、人との繋がりも仕事も水も電気もないなんて、おそらく心配になるけれど、束の間の旅先だけでも自分に空白が訪れたことがうれしかった。自分の中に大きな空間ができた分、子どもの頃の感性や妄想の力が蘇ってくる。コテージは海の上に建てられていて、床板の隙間を覗くと魚が泳いでいる。今夜は、海の上で眠れるのだ。ちゃぽん、ちゃぽん、子守唄のように柔らかな波の音に包まれて、大きなお母さんに抱かれているような安心があった。

月明かりに照らされながら、静まり返った海と一緒に眠っていると、頭の中でドンドンドンドンという重低音が鳴り響きだした。ドゥドゥドゥという、低いベースのような音も鳴っている。まいったな、ギリたちが宴会をはじめたのかな。いや、窓の外を見ても気配はなく、周りには黒い海しかない。ちらりと妻を見ると、暑くて寝苦しそうにしている。おかしいな、幻聴かな、こんな穏やかな夜なのに嫌だなあと、外に出てみると、海の向こうの町がなんだか明るい。目を凝らしてみても、ただ街灯がついているだけなのか、音楽イベントが行われているのか、小さくてさっぱりわからない。そのうちに妻が起きてきたので、「なあ、ずっと重低音が鳴ってる気がするんやけど、聞こえる?」「ほんまや、確かに聞こえる。町のほうから?」。まさか、はるか向こうの島から海を越えて、こんなところまで音が届いてくるなんて。

眠ろうとしている躰のリズムよりずいぶん速いテンポで、単調な規則正しい重低音が繰り返される。人間でさえ眠れないのに、海や生き物はたまらないだろうな。でも、郷に入ったら郷に従え。きっと、あそこでは大勢の人が楽しんでいるんやろうな。諦めて、そのままテラスのハンモックでゆらゆらしながら、町の音と海の音に耳を澄ませる。さっきまでの不快感は消えて、海のリズムに集中していた。海や島や空や、生き物たちのリズムがある。大きくて、大きくて、大きくて、穏やかだ。

◎

次の日、ギリに別れを告げて、さらに町から離れたところにある別の宿泊所に向かった。今度もまた、2軒の家があるだけの小さな島だった。

慣れない海で遊びすぎて疲れが出たのか、急に熱が出てお腹が痛くなった。一日中、何も食べずに寝ていることにした。南国の生暖かい空気と躰から湧き上がる熱が重なり合って、ぼうっとふらふらする。何度も排泄を繰り返して、頭の中も躰の中もすっかり空っぽになっていった。絶え間なく打ち寄せる波が、たぷんたぷん、床の下で躍っている。ちらり居間を見てみると、妻が一人で黙々と絵を描いている。

ゆらゆらと外に出てみると、向こうの島にヤシの木がたくさん風と揺れている。遠くの島には薄黒い気配がすり寄っていて、きっとあれが雨だ、雨が降っているのだろう。遠くから見ると雨はこういう姿をしているのか、あやふやな巨きな生き物のようだ。

海を覗くと、きらきらと太陽が反射して水面にさまざまな模様が描かれていく。小さく見ると細やかな図形のようで、大きく見ると螺旋を描いているようだ。輝く海の上をすうっとボートが横切っていく。空を飛んでいるみたい。鳥が幾重にも歌って、ヤシの実が落ちた。カサカサッとヤドカリが海から上がって、ぴしゃっと魚が跳ねた。たぷんたぷん、波が寄せては返し。パサパサパサパサ、枯れた葉で

つくられた屋根で雨が遊びはじめた。サメが旋回している。向こうの島のヤシの木がじっとしている。

ふと、「全体性」という言葉が頭をよぎった。どういう意味なのか、なんのことかよくわからないけれど、「全体性ってこういうことか」と脳天を貫かれた。充たされた世界の中にいる。すべて揃っている。感じ取れていなかった、細やかな動きや形や色や音で充ちあふれている。言葉にすると、ただそれだけのことで、なんでもないけれど、とてつもなく大きな体験だった。

きっと、ただ観察して、他者の目を捨てて、自分なりに観察して、何かを見て感じたことを形にしたい残したいというよりは、もう目の前にこんなに美しい動きや色にあふれているのだから、残したいと思う前に一緒に踊りたい。風が吹いて葉が揺れるように、自分もただ揺れたい。少しずつ、一歩ずつでいいから、そんなピアノが弾けるようになれたらな。たぷんたぷん、一緒に揺れる感じがよいな。消えてほしくないいな。

うつわ

2017年5月

ソロモン諸島から戻ってから、なにやら、あたらしい自分がやってきていて、どうにも落ち着きなくそわそわが続いている。どうやったら、馴染んでくれるのだろう。あたらしい自分を受け入れるために、いまの自分を諦めたらいいのだろうか。人生、なんでも試してみないとわからない。

日常的にしていること、してしまっていることを、少し止めてみることにした。まず、インターネットから少し遠ざかってみた。ソロモン諸島では携帯もネットも使えなくて、島にぽつり、身だけひとつ、遠くにいる誰とも繋がれなかったけれど、目の前の雄大な自然と繋がれた。そういうものなのかもしれない。どこかに繋がれる代わりに、どこかに繋がれなくなる。何かを入れた分、何かは入れなくなる。何かを欲しているなら、何かを諦めればいいのかもしれない。

◎

わっと草が伸び出したので、今年はじめての草刈りをした。長い冬を越えて、ようやく出てきた草花がわいわい賑わっている姿に数日前まで感動していたはずなのに、今日は、今刈っておかないとマムシがおっても気づかへん、危ない、と心を切り替えて草を刈ってしまう。

それでも闇雲に刈ってしまうのは心が辛く、できるだけひとつひとつの草花を目と心に焼き付けながら刈り進んでいるうちに、頭の中がいろんな形や色をした草花でいっぱいになってしまった。この短い時間で一気に止めてしまった命の流れがどっと流れ込んだ気がして、目を閉じると、さっきまで見ていたひとつひとつの草花が走馬灯のように流れていく。
家に戻ってそのままピアノを弾いてみたら、次々に何かが移ろっていくような演奏になった。

◎

妻が田んぼをやりたいというので、田んぼを借りてはじめてみた。わからないままに教わるままに、いろんな人に手伝ってもらいながら、ようやく、土に水を流し込むところまで辿り着いた。大きなプールをつくっているみたいだ。

畦塗《あぜぬ》りをしていると、きょとんとオケラと目が合って、そのうちに水がたぽんと泥と混じり合って、ああ、田んぼだと思える姿に、ある日なった。てらてらと光の文様が向こうから広がってきて、風が吹いたのが見える。足元に雲が流れ、種もみからぽんぽんと芽が出てきた。あっという間に、あめんぼや蛙や、どこからともなく生き物がわさわさと集まって、この前までここにあった草っ原とはまったく違う、あたらしい世界が生まれてきた。

「田んぼは、泥遊び、水のコントロールやで」との先輩方の言葉どおり、ほんの少し泥を動かすだけで、おもしろいように水が動き出す。朝、雨の音がすると田んぼの水量が気になるけれど、それより先に妻が野良着にさっと着替えて飛び立っていくので、僕はゆったりあくびをしながらあとを追う。あそこら辺に歌が上手なうぐいすがいる。蛙がぴょとん、田んぼに飛び込んだ。泥が水に滲んでいって渦巻いて、とろけながらゆっくり動いていく。

家に戻ってそのままピアノを弾いてみたら、音と音が滲んでいくような演奏になった。

◎

ううむ。おもしろい。何をするにも、以前だったら、パシャリ、写真を撮って、その日のうちにでもインターネットで誰かに見せたくなっていたところだけれど、止めてみると、「今感じたことをピアノで弾いてみよう」に変わり出した。インターネットがなかった頃の感覚に戻ったようでおもしろい。自分の心に起こったことを、頭は使わないでそのまま躰に預けてしまう感覚。感じたことを情報にしてしまわずに、自分の血肉に変えてしまう感じ。なにより、久しぶりになんでもかんでもピアノで弾いてみたくなったことがうれしい。わっと世界が広くなった。

◎

今、「あわい」世界に興味がある。はざま、どちらでもない、どちらでもある、昔の日本人が「あか」と言えば、あかるい、こちらに向かってくるような色をすべて「あか」と呼んでいたような、「あお」と言えば、しずんでいく、向こうに吸い込まれるような色をすべて「あお」と呼んでいたような、人であるようなないような、昼でも夜でもない黄昏《たそがれ》どきや、音楽であるようなないような。

ソロモン諸島で味わった、「全体性」という言葉。水も魚も果物も暖かさも、人が生きていくのに必要なものがすべて揃っているような楽園で、人間以外の生き物がそうであるように、この楽園では人間も生まれながらにして自然の一部として生きていていいんだと思える、充たされた幸福感の中で感じた「全体性」だったけれど、ふと、「なにもない」というのが大事な気がしてきた。

空っぽのうつわ、なんでも入るうつわ、うつろ、空洞、うつろい、水が流れる道、水は何もないほうへと流れてゆく。ふと、自分を止めてしまった瞬間、自分のこだわりをなくしてしまってもいいと思えた瞬間、ぽっかり自分にうつわが生まれた時、やっぱりどどっとあたらしいことが流れ込んでくる。

ひきつぐ

２０１７年７月

「おうい、スエさん、ちょいと休もうかい」。茅葺き職人の育弥くんがススで真っ黒になった顔で呼びかける。「ほおい！　いっぺん下におりよ」。さらに真っ黒なスエさんが屋根裏からにょきっと現れた。ここに越してから改築を繰り返してきたけれど、いよいよ母屋の屋根裏を使える空間にしようと、最後の大工事がはじまったのだ。屋根裏にあった大量の茅を、茅葺き職人たちが手際よく運び出してゆく。友達として見ていた彼らの姿とはまるで違って、息のあった一切無駄のない働きぶりに、こんな人たちが日本におってほんとうに頼もしいなあと惚れ惚れする。

一匹狼のなんでもできる72歳のスエさんも、久しぶりに若い職人たちに囲まれてうれしそうだ。「わしはな、若い頃、奈良のほうにも呼ばれて出とったんやで。その頃は左官ばっかりやっとったけれど、お寺やら屋敷やら、朝から晩まで働いた。親方は言葉では教えてくれへんから、やってることをじっと見て覚えるしかなかった。壁塗りをやってると、横では家を建てる大工が働いてる。電気屋も水道屋もおる。そういう人のやってるのをじっと見聞きしてるうちに、わしもいろいろできるようになってしもた」。左官はもちろん、家を建てたり、川から水を引いたり、山にあるものをそのまま使って椅子をつくったり。一人でなんでもできるので、村の人からいろいろと頼まれるけれど、そのアイデアがいつも豊かで驚かされる。

例えば、壁にちょっとした飾り棚をつけたい時、普通だったらＬ字の金具で固定する。スエさんは裏山に入っていって、ちょうどよい形の丈夫な枝を探してきて、そこらに捨て置かれた古い板などと組み合わせて、あっという間に素敵な棚をつくってしまう。素材も手順も何も隠されていない剥き出しの仕上がりなので、どうやってつくったのか、見れば見るほどよく伝わってくるのだけれど、ゼロからこれを思いつけといわれると、さっぱりわからない。誰でも思いつきそうなのに、自分も同じようにやってみると、うう、なるほど……、これはすごい！　と舌を巻いてしまうのが、僕の好みにぴったりなのだ。僕もそんなピアノが弾きたい。

◎

今住んでいる家には母屋と離れがあって、この集落ではひときわ大きな佇まいだ。もともと住んでいた方たちは、谷間のわずかな平地をいくつもいくつも整えて米づくりをしながら、山の木を切り出したり、蚕を飼って糸を紡いで織物もしていたらしい。

僕たちが毎日汗でぐしょぐしょになりながら草刈りをして、「広過ぎる」と思いながら管理している範囲よりも、もっと広大な土地を使って暮らしていたらしく、景色もずいぶん違ったのだろう。たくさんの男衆が住み込みで働きに来たり、ハマちゃんたち、村の娘さんがたも大勢、かったんかったん、織物をしていたのだから。

僕はその場所を音楽スタジオとして使っているけれど、ふとした瞬間に当時の賑わいが笑い声と共に横切ってゆく。畑に立つ時も、田んぼに立つ時も、昔の人の面影がそこここにあって、あの時のあの土地をこうやって使っておるのかと、よいことが起こると一緒に歓んでくれている気がする。

日本中がそうだったように、この立派な母屋の茅葺き屋根も数十年前に「手入れが大変」ということでトタン屋根が上から被せられた（銀歯のようなものか）。昔はそこら中に生えていた茅草を刈っては干し、刈っては干し、それを何十年も続けて大量に貯め込み、村人総出で屋根を葺き替えた。そんなふうに大事に残されていた屋根裏の茅たちを見て、「これは綺麗な状態やで。まだまだ使えるからね」と育弥くんたちが取りに来てくれたのだけれど、これが出しても出しても終わらない。ようやく茅を全部出したと思ったら、今度は、ススまみれの筵《むしろ》、ススまみれの竹をひたすら出していく。何度も祈願したのだろう、おふだも大量に出てきた。確かにこの家に、たくさんの暮らしがあったのだ。腸の掃除をするみたいに、宿便をすっかり出し切った。

ふと屋根を見上げると、もくもく、どよどよぉと黒いスス埃が立ち上っている。家に巨大なバケモノが乗っかっていたのが、いよいよ引き剥がされていくみたいだ。「いやあ、悪いもんはひとつもなかったけれど、やっぱりあたらしい人が入って来たんやもん。入れ替えな、な。ここに住んではった先代の人たちも喜んではると思うよ。家が軽なったって」。育弥くんがニカッと笑った。

その夜、確かにすっきり身軽になった母屋を月の明かりで見ていると、屋根裏のあたりをひとつ、ふたつ、光が遊んでいる。「やっぱり来はったなあ」。今まで見た、いっとう美しい蛍たちだった。空っぽになった家に何かあたらしいものが入って来るんやろうな、疲れ切ってぐっすりと眠った。

「おばあちゃんになって、すっかり飼うのが難しくなったみたい。よかったらもらってくれへんやろうか?」。妻がずっと鶏を飼いたがっていたところに、烏骨鶏はどうかと連絡が入った。早速、鶏小屋をこしらえて、おばあちゃんの家に鶏たちを迎えに行った。「かわいがってたんですけれどね、躰がえろうなってしもて。もろうてくれたらうれしいわあ」。

こけっ、こけぇこここここ。白い、ふわふわした生き物が8羽、我が家にやってきた。

なんだろう、周りを見渡してみると、あれもこれも、誰かから引き継いだものばかりだ。自分の考えですら、手癖ですら、誰かから、何かから引き継いだものばかりだ。自分の生は何に引き継がれてゆくのだろう。

いろは

2017年8月

ぐあぁぁぁ、ぐおろっ、ぐるっがぎゃあぁぁ。あちらでカラスが鳴いているので、鳴き声を真似てみる。そっくりそのまま真似ようとすると、これがなかなか難しい。口の開け方、喉の締め方、息を当てる場所。まるででたらめに、馬鹿になって、ただただカラスのまんまになろうと集中していると、あぎゃあぁぁぁ、躰の奥底からカラスの鳴き声が飛び出した。自分からこんな音が出てくるとは思ってもみなかった。まあ、こんなことをしてもなんの意味もないだろうけれど、楽しい。

猫がニャニャ、ひぐらしがテレヒヒヒトトリリリリ、なんでもかんでも、こちらにやってきた音を真似してそのまま返してみる。ほんとうに馬鹿になるしかない。声の出し方も今まで試したことのないような、これはちょっと無理やろうなというところで怖がらずに音を出してみる。最近は、こんなことが一番楽しい。

◎

ソロモン諸島から帰ってからというもの、頭の片隅で常に何か「あたらしい音」というのを自分なりに探しているような気がする。あたらしいといっても人類が聞いたこともないような音みたいに大げさなものではなくて、今まであまり注意を払ってこなかった音を、もっとちゃんと聴いてみたくなった。

暮らしの中で真剣に耳を澄ましてみると、まず空気の音がおもしろい。場所ごとに空気の音が違うし、座ったり立ったりしても細かく違う。好きな空気の音がするところは、居心地がいい。目を瞑《つむ》って耳を頼りにすれば、今いる場所がどんな空間なのか、どんなものに囲まれているのか、何かがあるとして、どれくらい離れているのか、たくさん伝わってくる。目で見ていたのとはまったく違う、もうひとつの世界が頭の中に浮かんでくる。そして耳は、家の壁を通り越えて、外で歌っている虫や鳥や、さらに山の中にまで耳をやっていくと、生き物たちがどんな具合にそこここで暮らしているのか、なんとなく伝わってくる気がしてくる。

◎

そういう耳で日々を過ごしていると、耳の側をかすめ飛んでいったカナブンの羽音や、風が頭上を通り過ぎる音がおもしろく意味のあるものに感じてくる。人が喋っている言葉ですら、意味を追うのをやめて、音の上がり下がりや、かすれたり、詰まったり、そんな部分に注目して聴いてみると、息に混じって滲み出てくる、なんとも命の精とでも呼びたくなるような、その人それぞれの息に乗っかった声という音そのものが、ほかにはないもので、儚く、心を奪われる。

歌や演奏を聴くように、大事なものを受け取るように、周りで鳴っているすべての音に耳を凝らしてみると、どれもこれも、音というのは何かから何かへのメッセージなのかもしれない、だとすると何を届け合っているのだろうか。耳を澄ましていると、どこか遠く、生まれる前の記憶のような、死んでいく先のような、そういうものと繋がっている気もしてくる。そんなおもしろい音たちを自分なりに真似てみると、聴いているだけより、さらにもっとおもしろい。

人の躰には血管や神経が河のように流れているけれど、あたらしい躰の使い方を試みるということは、自分の躰にあたらしい流れを、あたらしい道をつくるようなものだ。そんなあたらしい道に新鮮な風が通り出したら、やっぱり今まで気づいていなかったものにまで気づけるようになると思う。簡単にいうと、鳥や植物や空や海や、そういう人間でないものときちんと話がしたくなったのかもしれない。ピアノを弾いていても、耳は山の中に置いて、ピアノの音が少しでも彼らにとっておもしろいものであったらいいなと、怖がらずにまだ試していない音を出してみて、山の中の耳で彼らと一緒に聴いてみる。

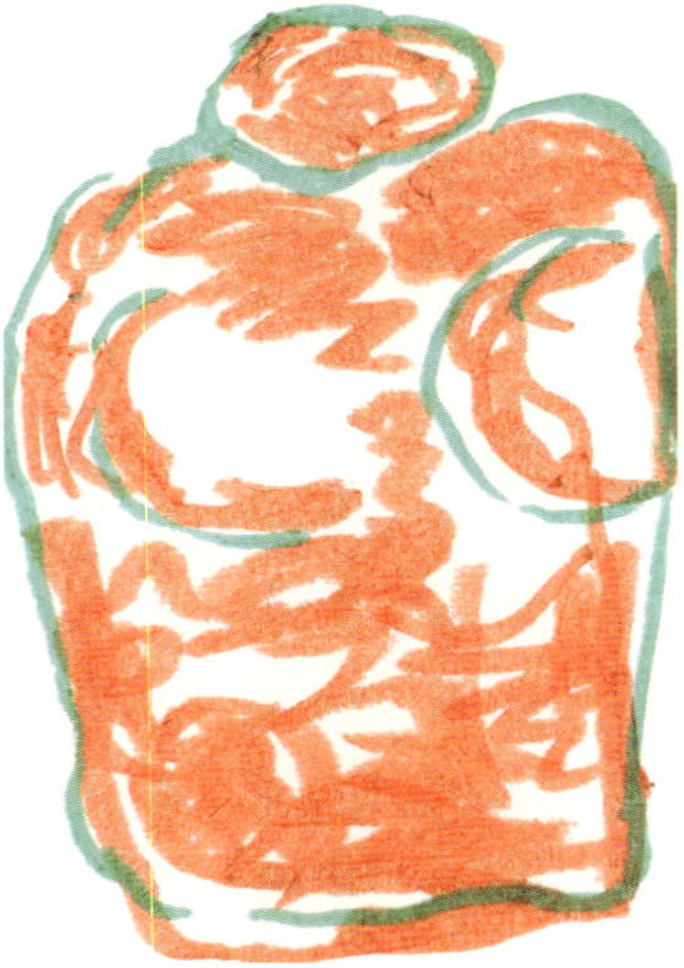

◎

「つきてみよ　ひふみよいむなや　ここのとを　とをとおさめて　またはじまるを」

（突きてみよ　一二三四五六七八九十　十と納めて　またはじまるを）

と、良寛が詠ったように、何事も突き進めていくと、ちょっと詰まってしまうこともあると思う。これ以上ないくらい、あることに懸命になったのだから、さらにその先、その先へと思い入れすぎるのは、ちょっとしんどいことだと思うようになった。


十まで辿り着いたら、また一からはじまる。何事もそういうものだと、ただそれだけのことと知っているだけで気持ちが楽になった。もうすぐ38歳になるけれど、あたらしい試みを自分なりにはじめてみたくなったのだと思う。一からはじまるのだから、よちよち歩きだけれど。

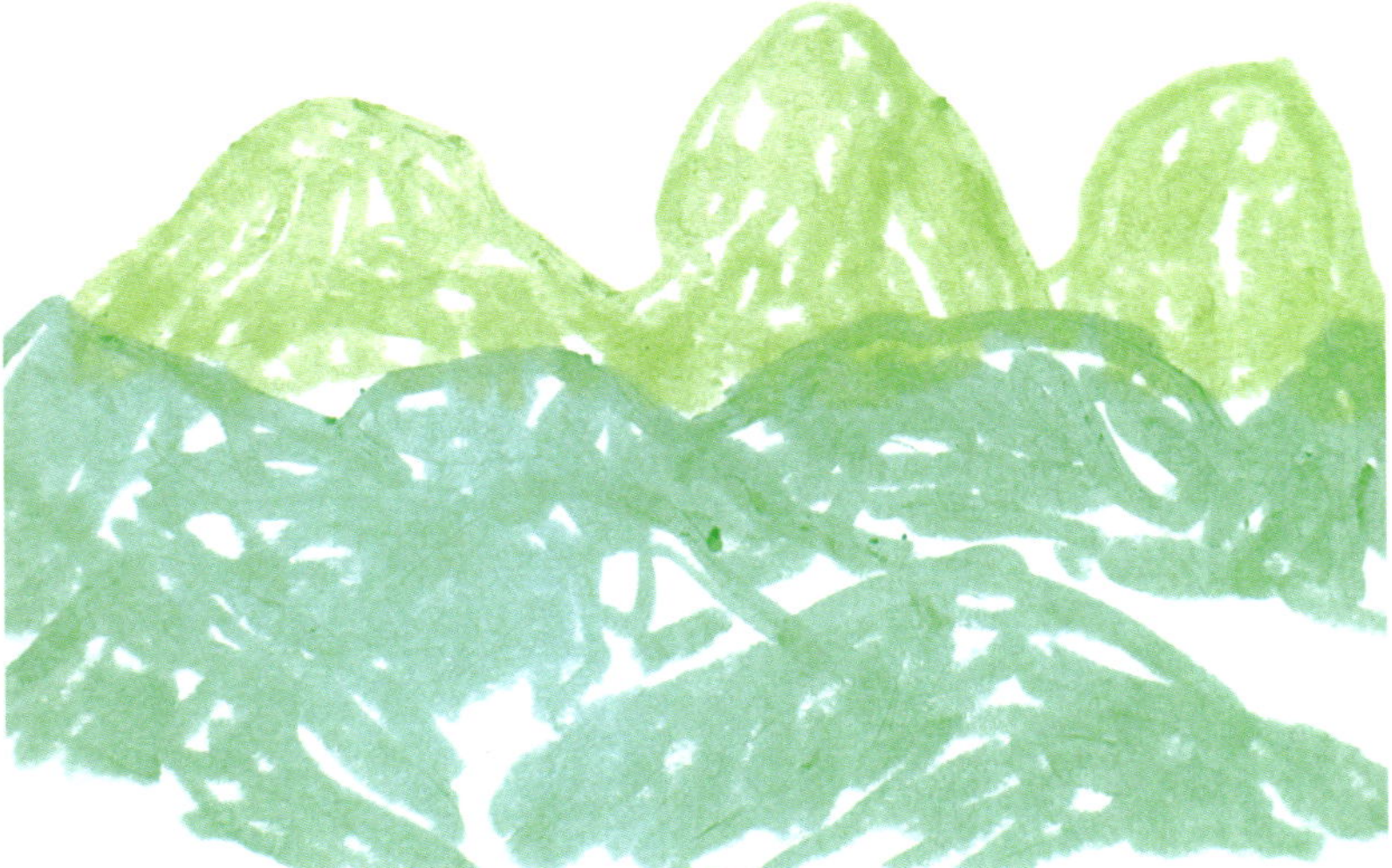

マージナリア

2017年9月

不思議なことに、3月にソロモン諸島から戻ってから、手に取るものにことごとく、「マージナリア」という言葉が載っている。

なんとなく手にした古本をパッと開いてみると「マージナリア」、あたらしく買った本にも「マージナリア」。たまたま開いたそのページに書かれている。時には「マルジナリア」だったり「AD MARGINEM」だったりするけれど、これは何かからのメッセージだろうか、それとも僕の直感がそうさせるのか、とにかく手に入れた本を順番に読んでみると、今興味があること、これから取り掛かりたいことが見事に連なっていって、すこぶるおもしろい。

◎

「マージナリア」という言葉の意味は、「文章の周りの〝余白〟に書き込んだ覚書」ということらしく、例えば、今読んでもらっているこの文章は、誰かに読んでもらうことを前提に書いているけれど、この本文に書けなかった考えや想いがやっぱりあって、頭の周りにふわふわと浮かんでは消えていってしまう。そういう、なんともつかめない、ドーナツについている穴のようなものが「マージナリア」なのだろうか。

余白に書き込んだ覚書、誰に見せるためでもない未来の自分に宛てて書いたメモ。いや、未来の自分がもう一度見ることも考えていないような、ただただそこにある余白に書いてしまった突発的な記録。自分の無意識と戯れた残り香のようなものだけれど、誰かに見せるための行為ではないからこそ、純粋で、豊かでおもしろいと思う。

「マージナリア」という言葉の響きもいい。とりとめのない色や、たっぷりとした水のイメージが湧いてくる。ソロモン諸島で味わった、全体性も思い出す。僕はすっかり、「マージナリア」という言葉の虜になってしまった。

◎

ということで、この数か月、自分なりに「マージナリア」なピアノを弾いてみることに夢中になっている。ピアノの周りに何本もマイクを立てっぱなしにして、ふと弾きたい気分になったら、スイッチを入れるだけで録音できるようにしておいた。

椅子に座ると、集中すべきものは、今頭に浮かんできているメロディ、でも少しこらえて、耳を澄ます。空気の音、外で鳥や虫が歌っている、烏骨鶏が鳴いている、風の音、飛行機が頭上を通り過ぎた、太陽が沈んで空気がオレンジ色に染まる。すでにある、そういうものたちに馴染ませるようにピアノをぽおんと奏でてみる。

水彩絵の具のように音が滲んでゆく。耳を澄ます。鳥も虫も風も、光も影も、なんとも絶妙なバランスでひとつの世界をつくっている。お互いがお互いの音をよく聞いているのだろうか、よく見合っているのだろうか。自己完結しているものなんてないように思える。何かが奏でて、動いて、色づいて、するとそれにそっと応答するように別の何かが奏でて、動いて、色づいて。ぐるぐるとした循環がそこにはあって、賑やかだけど穏やかだ。こちらが演奏したいように好き勝

手に音を出してしまうと、途端にそういう音は乱れて静まってしまう。逆に、こちらが相手をよく聞こうとすればするほど、自然はよく歌い出して、そうなると、ようやく余白が見えてきて、僕が奏でるべき音が勝手にわかってくる気がしてくる。

◎

「Marginalia（マージナリア）」の「Margin（マージン）」には、「縁・端」という意味もあるけれど、人が抱えている境界を緩めて、ぎりぎりの端まで相手に近づいてゆこう。動物や植物に近づいてゆく。空や水に近づいてゆく。

南米の先住民の血を引く人が言っていた。「水が流れる音に耳を澄ます。トゥルルルル、こういう音や、テュテュテュ、キュウキュウ、何十種類も音がある。そうやって、ひとつひとつの音をていねいに聴き分けたら、今度はそれらの音を一気に、オーケストラのように塊として聴く。そうすると、水が歌っているのがわかる」。

◎

半年間、こうしてピアノを奏で続けてみたけれど、家の周りの彼らの世界にお邪魔している感覚がなんとも新鮮で楽しい。

演奏している間、普段は目を瞑ってしまうけれど、瞑らないように気をつける。目を閉じると音にしっかり集中できて、自分のやりたいように演奏できて、それはそれで楽しいのだけれど、目を開いてみると、当たり前だけれど、現実があって、想像以上に僕は小さい。小さな命だ。自分の音がどこに届くのか、どんな波を立て、何を運んでゆくのか、彼らにとって少しは楽しいものであってほしいな。一緒に世界を形作ってゆくような、一緒に音を出すことで同じ

時間、同じ世界を生み出したような、うまくいった日はそんな幸せを感じる。

終わったあと、何かに祈りたくなって手を合わせる。録音した演奏の記録は、そのままその日のうちにインターネットに上げて誰でも聴いてもらえるようにしてみている。自分のためにやっていることなので、ひっそりと隠し持っていてもいいのだけれど、そういうものだからこそ何も気にせずにふわっとどこかに届けばおもしろい。宇宙人が聞いたらわかってくれるんじゃないだろうかと、そんな心持ちでいたい。

昨晩は、秋の虫たちと静かに一緒に奏でてみた。マージナリア、境界、はざま、水、魔法、未来。ぐるっと1年経つまでやってみたら、どうなるだろう。

こといづ

セミが鳴きはじめた。ひぐらしが鳴きはじめた。一日一日、いろんな生き物の気配が移ろって、どこかからやってきて、どこかにかえってゆく。

ぐるりと巡って、結局、何を生み出したか、何をつくったのかというよりも、一日一日を楽しめたのか、ひとつひとつと関わり合えたのか。

いのち

2017年10月

「あのおっさんが死んでしもたんや」、ハマちゃんが大きな声ではっきりと言った。ハマちゃんのお兄さん・耕作さんが朝に亡くなられた。

◎

「大将、どこ行くんや?」。車に乗ってどこかに出かけようとすると、よく耕作さんに出会った。「ちょっと買い物に出かけるんやけど、何かいるものある?」と窓を開けながら返事をすると、首を横にふって「いんや、それより大将。きゅうり持ってけ」と巨大なきゅうりが大量に入った袋を手渡してくれた。「お前は畑をするな。んなもん、わしの畑から勝手に持っていったらええ。わしがちゃんと育てとる。好きな時に好きなだけ持ってけ」と、よく言ってくれた。いつからか、なぜか僕のことを「大将」と呼んでくれるようになって、それが何か誇らしかった。

耕作さんの一人暮らしの家はいつも綺麗に片付いていて、山も畑もどうやったらこんなに綺麗にできるのだろう、見事に美しく柵が張られていたり、徹底的に草刈りがなされていた。背筋を伸ばして、ハンチング帽を被り、作業着をぴしっと着こなしている姿はまるでヨーロッパの農家のようで素敵だった。ほっそりしたその顔は、どこか僕のおじいちゃんにも似ていて、笑うと金歯が光った。

大体いつも玄関先で椅子に腰掛けて、ビールをおいしそうに飲んでいた。かすれた声で「大将、ビール飲むか?」、ニカッとビールを差し出してくれた。ありがとうと一緒に飲みながら、今年はあの野菜が難しいとか、見知らぬ車が集落の奥に入っていったがいったい誰なのか、妹のハマコは元気か、お前ら夫婦は元気なのか、耕作さんは元気なのか、そういう話を山や空を見ながら。横でごんごんごんと、手洗い場には山から引いてきた水があふれ返っていて、その勢いのある豊かさが耕作さんをとてもよく象徴していた。

◎

2年ほど前から「死に支度をしとる」と、耕作さんは言うようになった。細やかに美しく割った薪をたくさん積み上げて、「わしが死んだ時に葬式の炊き出しに要るやろう」と、今の時代には必要ないはずなのに、昔の人と同じように自分の最期のしめくくりに取り掛かりはじめた。

「スエさん、ちょっと相談にのっとくれ」。収穫した野菜を携えて、耕作さんが珍しく大工のスエさんの家を訪ねた。「使っとらん小屋をつぶしたい」というので、たまたまそこにいた僕も解体を手伝った。「大将、助かっとるぞ。お礼じゃ、ビールを飲んどくれ。こないだまでは自分で小屋も建てたし、なんでも一人でやってきたんやけんど、えらい。もう躰がえんらい」。90歳になったというのに、僕の何倍も働いている姿を見続けてきたので、「またまたあ」と気楽に受け取ったけれど、それから、日に日に、耕作さんの家の周りがすっきりし出した。庭の木々も、耕作さんが自分で刈れる高さに切り揃えられている。必要のないものも、どんどん処分しているようだった。

いつものように家の前を通りかかると、耕作さんが頭を抱えて座っている。「わしはもうあかん。この前、頭がつめとうなった」と、独り言のように呟いた。「つめとうなってから、ものがよう覚えられん」。そうして、車の免許証を返納して、唯一の移動手段だった軽トラックも処分してしまった。その頃から少し元気がなくなって、急に耳も聞こえにくくなったのか、「大声で」とマジックで大きく書かれた張り紙が玄関先に張り出された。

◎

夏の暑い日、村のみんなで草刈りをしていたら、耕作さんが畑から手を振っているので「おお〜い」と笑って振り返すと、ゆっくりこちらに向かってきた。ほんとうにゆっくりゆっくりだったので、迎えに行って「どうしたん？」と聞くと「手伝おう」と手鎌をひょういと持ち上げた。「いやいや、耕作さんは大丈夫。ゆっくりしてて。若いもんで頑張るから」と、なんだか歩き疲れたようだったので休ませようと肩をそっと掴んだら、思った以上に小さくて。それまで大丈夫、大丈夫と勝手に思っていたけれど、ほんとうに、そうか。

一緒に横に座って、村のみんなと笑いながら話をした。「いや、わしは刈れるぞ。畑もやっとる」と目をきらきらさせながら言うと、「耕作さんに倒れられたら、仕事が増えてかなわん」とみんなであたたかく笑った。けれど、みんなも感じ取ったんだと思った。みんなで並んでゆっくりゆっくり耕作さんと歩きながら、夕暮れ前の黄色い家路、あたたかくて優しい村が思い出になった。

◎

半年前、家で転ぶようになってしまって、入院した。病院にお見舞いに行くと、耕作さんがナースステーションで楽しそうに話している。「高木です」と言ったけれど、わからないようだった。どうしたらいいのか困ったけれど、しばらく話しているうちに、そういえば「大将、大将」と呼んでいて「高木」という名前は使ったことがなかったかもしれないなと気づいたら、耕作さんがそっと耳打ちした。

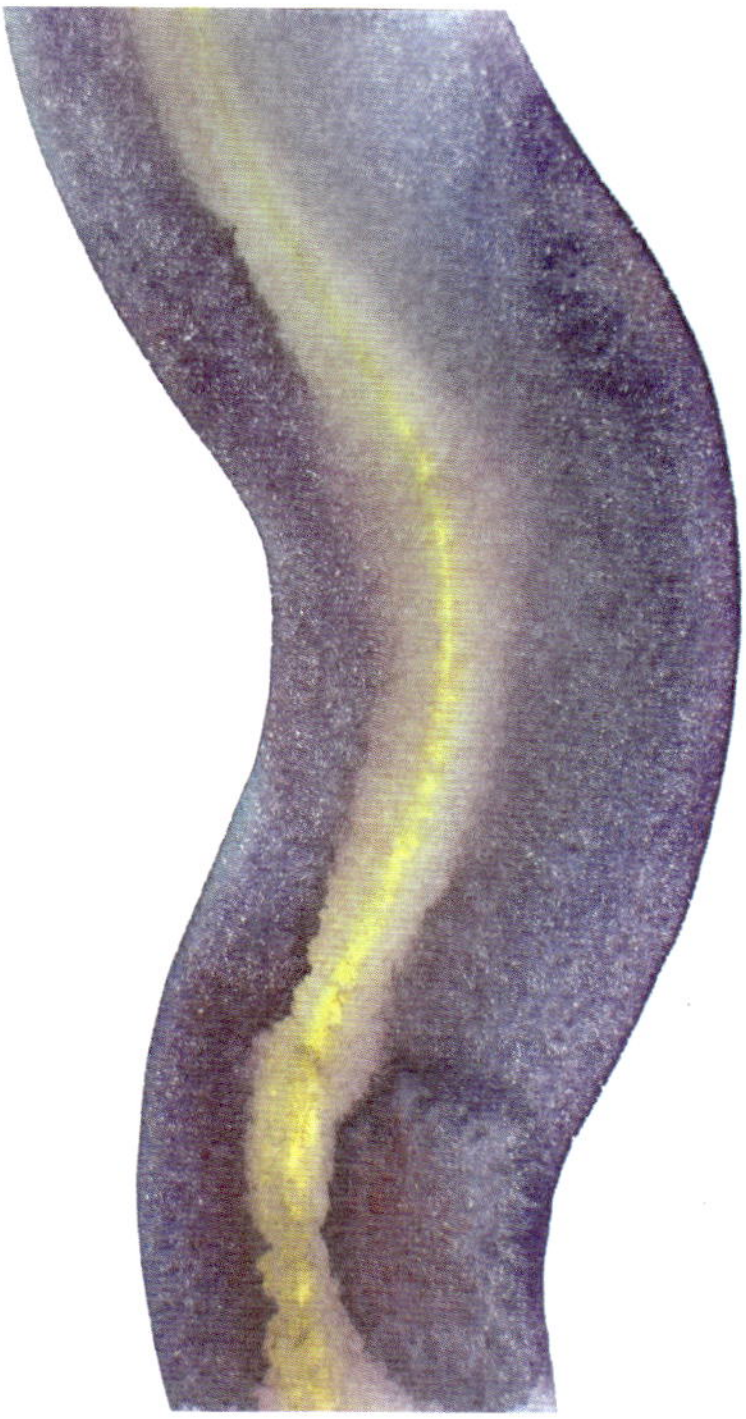

「お前に愛人がおったことは、わしは誰にも言うておらん。墓まで持っていくから安心せい」。真剣な面持ちで目と目を合わせた。「ん？　なんのことやろう？」。まったくわからないので話題を変えて、「耕作さん、毎日何をしとるの？」と聞くと、「毎日、門番をしておる。ベランダに出て、怪しいもんが入ってこんか見とる。ほんまやぞ」と、また真剣な面持ちで答えてくれた。ちょっとした冗談なのかなと思った。「さ、耕作さんお薬の時間ですよ」と時間が来てしまったので、「またね」と別れた。

「耕作さん、誰かと勘違いしてはったんかな。僕らのことわからんかったんかな」と妻と話しながら運転していると、あっ！　思い出した。３年前、僕の母親が遊びに来た時、耕作さんの家の前で車を止めた。助手席にいた母親が耕作さんに、「いつもお世話になってます」とあいさつをした。耕作さん、なぜか驚いた顔をしていた。後日、高木が妻に内緒で女の人を家に連れ込んだと、そういう風の噂が、耕作さんから立ち上ったことがあった。あれは、お母さんやん！　なんでやねんっ！　そういうことなら「門番」っていうのも、ああ、そうか。確かに家の前に椅子を置いて、誰が村に入ってきた、見知らぬ車が入ってきた、そういう報告をよくよくしてくれていた。耕作さん、病院に行っても門番してくれてたんやなあ。そうかあ。山奥の村で安心して暮らせていたのは耕作さんのお陰やったんやと、おらんくなってきちんと感じる。

◎

耕作さんが村に帰ってきたので、家に上がらせてもらう。お花に包まれた顔は、よく知っている耕作さんだった。村に耕作さんがいる。ほっとした。「目を閉じてるところ、はじめて見た」と妻が泣いた。ふと、ヒヨコのピヨが耕作さんと重なった。先日、家で飼っている烏骨鶏にヒヨコが2羽生まれた。でも、そのうちの1羽が、生まれた時から少し様子がおかしくて、でも懸命に鳴いて懸命に走り回って。命が輝いていて、毎日会うのが楽しみだった。これからが楽しみだった。でも、あっという間に、たった数日でこの世を去ってしまった。

周りに生えている花を摘ませてもらって、土の中に一緒に入ってもらった。目を閉じたピヨと、花々と、土と。なぜだか、ほんとうに美しいと思った。命はほんとうに美しいと思った。ピヨがいなくなって、さびしくなった。虫が鳴いたり小鳥が歌ったりすると、ピヨかもしれないと本気で振り返ってしまう。ピヨがいなくなって、ピヨがどこにもいるようになった。

耕作さんに別れのあいさつをして、外に出ると、ハマちゃんも出てきた。「ありがとうな。今年は姉貴ものうなって、きょうだい、みんなのうなってしもうた。病院でもどこでも、おるだけでよかったな。

さびしなったな。ほんまにさびしいな。あんたら、よろしく頼むで」。そういって小さく微笑んだ。

そうやなあ、さびしいな。いつか、ハマちゃんがしてくれたように背中をさする。小さな背中。

空を見上げると、高くて、雲が流れて、山があって、村があって、ああ、耕作さんだと思ってしまう。

ごくらく

2017年12月

樹々たちがたくさん水を吐き出して、あたり一面真っ白な霧に包まれる朝が続いた。霧がゆったりと山にまとわりつくその姿は、まるで白い竜のようだ。

何頭の白竜が空に立ち昇った頃だろう、ふうっと風に捕まって、くるりくるりと空を機嫌よく舞うものたちがいる。「最後の葉っぱたち、宙を舞う」。今日はそういう季節の日なのだと覚えておこうと思っていたら、また別の日は、朗らかすぎる黄色い陽気が降りてきた春のような日に、ほんとうの春と間違えたのか、大量のてんとう虫が嘘みたいに輝きながら飛び交った。そんな日もあれば、妻が「雪虫」と名づけた、こんまい雪が、虫のようにふわふわと下から上へと飛んでいった。いろいろあって一番うれしかった日には、お天気雨が降って、どこもかしこも虹がかかっているような、今いるここが極楽だった。

どれも朝ごはんを食べながら、同じ席の同じ窓から見た景色だけれど、秋と冬の狭間に、果てしなく細やかな季節を届けてくれる。

◎

あっ、いけない。お稲荷さんの当番を忘れるところだった。月の終わり、村のお山のてっぺんに神社のお掃除に上がるのだった。一升瓶に水をいっぱい汲んで、熊手と空の米袋を抱えて山に入る。登りがてら、こんもりと積もった落ち葉を掃いて道をつくっていく。杉ん葉は薪ストーブの着火材として使えるので、米袋に大量に入れて持って帰る。

それにしても、山なので、落ち葉があるのは自然なことなのだけれど、なぜだろう、掃いてすっかり土の地面が現れると、ここは山道ではなく、まさしく〝参道〟なのだと思えてくる。赤ちゃんが生まれてくる道も産道と呼ぶけれど、山の落ち葉を掃いているだけなのに、ましてや僕は男なのだけれど、躰の中にある道を同時に清めている気がしてくる。

てっぺんに着くと、お宮の周りもすっかり綺麗にして、柏手《かしわで》を打って挨拶をする。お稲荷さんに、祇園さん、ぐるりお宮を回って、鹿倉山に、春日さんに。すっきり掃いて雑巾掛けした空間は、空を突き抜けて天に繋がった気がする。

◎

村に赤ちゃんがやってきた。とても小さな赤ちゃんを抱かせてもらった。まだはっきりとは見えていなさそうな小さな瞳に。何を聞き取っているんだろう小さな耳に。くぱあと息を吐き出すたびに真っ赤になった顔色が、もとに戻っていくほんの瞬間に、にっこり笑っているように見えたり。小さな指が何をつくるのだろう。

久しぶりに自分の小さい頃の写真を見てみた。父親に抱かれて、どこともない、なんともない表情をしている小さな自分がいる。なんというか、ピアノを弾いたり、こういうふうに文章を書くことになるとは思わへんよなあ。この子がなあ。不思議やなあ。

◎

どどど、どさっ、重々しい音が母屋の大屋根から落ちてきた。早くもどっさり雪がやってきた。すっかり葉を落とした樹々にふわふわ泡のような雪がびっしり覆いかぶさって、いつか海の中で見た珊瑚礁のよう。

雪が解けると、背の高い草はこの寒さですっかり消えるようにいなくなっていくけれど、たんぽぽのように地面に這いつくばって広がる草は生き生きとしていて、それに赤や黄や緑のなんとも変わった色をしているので、草の上を歩いているだけで海の底を歩いているようにも思えてくる。なんて、山におるのか海におるのか、わからんようになった頭で、ぼんやりと未来のことを考えてみたりする。

冬のしんと静かな日々が増えて、外の音よりも自分の中のいろんな音が聞こえて、どれも小さなささやきなので耳を澄ませてみる。呼吸をしている。心臓は動いている。

◎

村の集まりで男たちだけで酒を交わした。「かっちゃん、村おこしとか、そういうのはここではもういいんや。ここだけは別でいいんや。わかるか。今おるわしらが機嫌ようやっていこうやないか。機嫌ようよう毎日やってるのが一番ええ」。そう、機嫌よく。自分を機嫌よく。毎朝、目覚める度に、まるであたらしい朝だということに気づいてあげられれば、自分を歓ばせてあげられれば、極楽は目の前にある。

ハマちゃんの口癖、「あるんだから」。そう、あるんだから。すでにあるんだから。

やさしいのがよい

2018年1月

お天気雨が続いた。すかっと晴れた青空に、もうすぐにでも雪になりそうな大粒の雨がきらきらと飛んでいる。こんな天気なら虹がかかっているだろうと、こちらの山、あちらの空と、外を見渡してみても虹は見当たらなかった。

◎

この冬は、いよいよ大きな仕事に取り掛かっていて、毎日毎日、ピアノに向かっては作曲を続けている。

誰かから音楽をつくってほしいと頼まれるのはうれしいけれど、やっぱり毎度、恐ろしい。依頼されてつくるというのは、今まで考えたこともないような世界観と一気に向き合わなければいけなくなるので、急に独り大海に放り込まれたような、天も地もわからなくなることも

やっぱりある。自分にできるのだろうかと怖くもなるけれど、誰かが本気で頼んでくれたということは、きっと自分にできる仕事なのだろう、僕がやり遂げられる仕事だから僕のところにやってきたのだと、心の奥底で信じるようにしている。

◎

どういうふうに作曲を依頼されるかというと、音楽を言葉で表すのは難しいけれど、やっぱり言葉で伝え合って、一緒に同じ景色を掴もうとにじり寄っていく。きちんとした会議で言葉を交わす時もあれば、メールや電話で、または食事に向かう途中に歩きながら交わした言葉が、核になることだってあるので、取りこぼさないように、その時すぐに理解できなくても心に刻んでおくようにしている。

僕の場合、なぜか、言葉がほんとうに大切だ。鍵になる言葉がいくつか集まってくれれば、それで一気に扉が開かれる。不思議だけれど、言葉が扉を開いてくれる。扉が開かない時は、言葉が足りない、まだ言葉が見つかっていないと、そういうふうに感じる。

例えば、なかなか正解に辿り着けなくて行き止まりに入ってしまったような時、「以前に『I am Water』という曲をつくられましたよね。今回は『I am Wind』ということかもしれません」と、ただそれだけの言葉なのに、それまで何度も打ち合わせて築いてきた景色ががらりと変化して、あっという間に曲ができてしまった。それまでに「風」という言葉は打ち合わせで何度も聞いたはずだったのに、「風を表現してほしい」と何度も言われてはいたけれど、その言葉では進めなかった。「あなたが風になってほしい」と言われた瞬間にどっとあふれてくるものが、自分の中にあった。「わたしは風」。その言葉だけで自分がやるべきことがよく分かった。

時に、「高木さんらしくやってもらえれば」と言われるのがとても難しい。「自分らしい」というのが、やはり一番わかりにくいものなのだといつも思う。この10年だけでもいろんな作風をやってきたし、世界への眼差しも想いも、その時々で変化している。

◎

過去を振り返ってしまうと、いろんな自分がいて、どれが「自分らしい」自分なのかよくわからなくなる。そこで、今、あたらしいと思っていること、これから取り掛かってみたいこと、新鮮な気持ちを全面に出して曲をつくってみる。ところがそれはそれで、何か未来に片足を突っ込んでいるようで、音もぼんやりしているのだろうか、たいていはポカンとされてしまう。相手は余計に「高木さんらしく、いつもどおりにやってくれさえすればいいのに」と、どんどんよくない循環に入る。

「自分らしい」というのを考えるのは嫌なものだけれど、いや待てよ、「自分らしい」というのもあるのかもしれない、と筆を休めて、頭の中を整理してみると、メロディやリズムといった曲調に「らしさ」があるのか、そういう難しいことはわからないけれど、自分の中で起こっていることなら共通している感覚がある。

「いい曲がやってきた」と心から思える時は、毎回、同じ源からあふれてきたのだなと感じる。ありがとう〜ありがとう〜と拝みたくなるような、優しい空間に自分の心が入った時に、ほろっと、指を通じて、口を通じて、音楽が出てくる。これは僕の中で起こっていることなので、誰にもわからないことだけれど、僕が頼りにできる「自分らしさ」というのは、あの湧き水の泉のような、あの柔らかさに触れることができる感覚かもしれないと思った。

信仰心に近いものなのか、自分がちっぽけに感じられるような巨きな、生命のはじまりのような、繋がっているような、そんなふわっとした空間で、いつもいつも入っていけるものではない、虹の麓があるなら、そんな時空だろう。とにかく、優しいのがよい。これだけは忘れずにいよう。

◎

「あんた、また気張って勉強しとるんかい」、ハマちゃんが仕事部屋の窓越しに中を覗き込んでいる。微笑みながら「そうやで、毎日、ああでもない、こうでもないって音を鳴らしてるんや。元気かい、どうしたん」「あんな、大根なんぞ炊いたんは、あんたはいらんやろ」と少し照れながらハマちゃんが尋ねてくれる。「欲しいで、食べたいで」「そうか、じゃあ取りに帰ってくるわ」と拳をぎゅっと握りしめて駆けっこのポーズを取ったので、「一緒に行こかい」とハマちゃんの家まで並んで歩いた。「ここからな、ほれな、あんたんとこが、ようやっと見えるようになってきた。葉が落ちてくれて、あんたの家が見える。見えるだけでうれしいもんやで」。冬になると毎回してくれるこの話が、僕は大好きだ。「大根のな、容れもんはこれでいいかい。よう見とみ。なんの形やい」と手渡してくれたのはハート型の器だった。「そういうこと」と、ニカッと笑うハマちゃんを背に、急な坂を上って家に戻る。

ふと見上げると、家の上に虹がかかっていて、笑う。

えいがおんがく

２０１８年２月

この冬は、久しぶりに映画音楽に取り掛かっている。春になって毎日が賑やかになる頃には仕上がっているはずだけれど、今は毎日、マラソンのように黙々と、ひとつひとつの曲と向き合っている。映画に必要な音楽は、だいたい二十数曲に及ぶので、一日一曲のペースで進めていても1か月は掛かってしまう。はじめての長編映画『おおかみこどもの雨と雪』の音楽の時は3か月とちょっとで完成したので、なんとなくあのペースで進めていけばゴールに辿り着くだろうと目安にしている。

今回の映画は、1年以上前からお誘いをもらっていたので、時間の余裕はたっぷりとあった。監督から連載のように少しずつ届く真新しい物語や、電話や実際にお会いして話す言葉の断片から、こういうイメージなのかな、と思い浮かんできたメロディをピアノで奏でては録音して監督に届けていた。このやりとりを僕たちは「スケッチ」と呼ぶようになったけれど、ほんとうに音で描いた心のスケッチのようなもので、儚くて、ぼんやりしたものだ。これから映画にふさわしいものに育っていくのか、それとも、ふわっと、今回は使われないけれど、気配として残っていくような音たちなのか。来る日も来る日も、音のスケッチを描き散らして、ある日、ようやく「ああ、これだ！」といとおしいメロディが歓びと共に降ってきた。

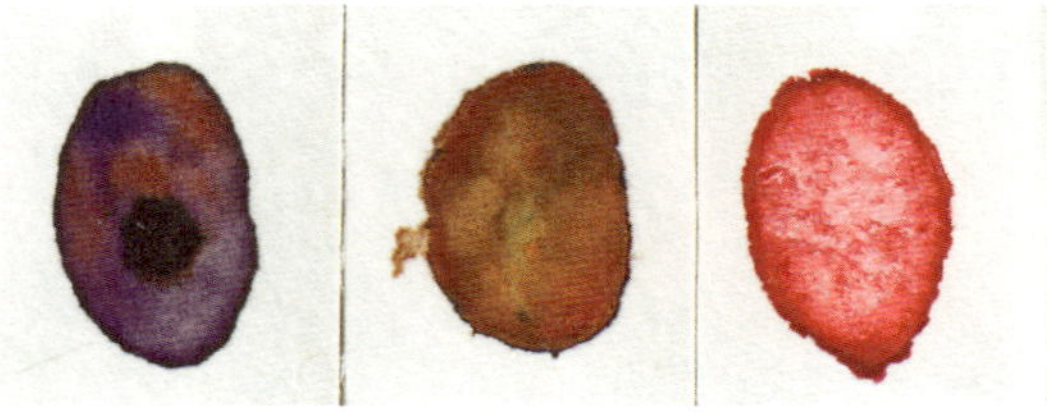

やったあ、よかったよかったと監督にも送ってみたけれど、どうにも反応がいまいちだ。そのうちに、映画のほうは、文字だけで紡がれていた脚本から、絵が描かれ、色や動きがついて、背景が描かれ、世界がどんどん生まれていく。あれ、なんだか音楽だけ、僕一人だけ違うところに迷い込んでしまったような気がしてきたぞ、このまま進めてもおもしろい映画音楽にはならない気がしてきた……。そんな恐ろしい予感がよぎる日々が続いて、いよいよスケッチの手がぴたっと止まってしまった。

悶々とした気持ちのまま数か月、時間だけが過ぎてしまった。再び監督や関係者の方たちと会う日がやってきたけれど、打ち合わせで交わされる言葉の意味がよくわからなくなってしまった。「ここから先、どのように進めればいいと思われますか」と苦し紛れに監督に尋ねてみると、「今まで出してもらったスケッチは一度忘れてもらって、いつもの高木さんの感じでやってもらえれば。『いつもの高木さんで』、それだけを望んでいます」と穏やかな笑顔でおっしゃった。

あれ？　いつもどおりに……、自分の思うままに……、そうやって進めたのがこれまでのスケッチだったのに……？？？　そもそも「いつもの自分」っていったいなんだろうと、ぐるぐる目眩《めまい》のするような問答の穴に落ちてしまった。

◎

わからないままにも締め切りの日だけは近づいてくるので、とにかく、できるところから曲をつけてみる。手元には監督との会話で出てきた言葉を、極力逃さずに書き留め

たメモがあった。「このシーンはこういう意味合いのシーンだと思うので、音楽もこういう雰囲気のものかもしれません」と、さまざまな言葉で音楽がやるべきことを説明してもらっている。その言葉を参考にしながら思いついたメロディを演奏して、よし、おもしろい感じになってきたかもと、再び監督に送ってみる。

「いや、うーん。何かが違うというか。ほんとうにいつもの高木さんのままでやってもらえればいいのですが……」と困っている返答だった。「映画に寄り添い過ぎているのかもしれません。しばらくは僕の言葉を横に置いてもらって、出来上がってきた映像も見ないでもらって。今まで高木さんにお伝えしてきた言葉は、映画に対する僕のひとつの解釈に過ぎませんから。高木さんは高木さんで、映画全体を俯瞰的なところから見てもらって、そこから音を奏でてもらえれば」。

◎

何かがピンときた。そうか、「いつもの自分らしく」。そういうことか。僕の勝手な思い込みだったり、妄想をそのまま表に出してしまっていいということか。この数年、さまざまな方から音楽を頼まれる仕事が多くなったので、相手の想いを理解しようと打ち合わせではできるだけメモを取るようにしていた。数年前までは手ぶらで出向いてメモも取らなかったのに。相手に寄り添おうとするのは大事なことだけれど、相手の心と同じになろうとしてしまうと、「自分らしい心」は消えてしまう。相手が赤だと思っていても、こちらが青だと思っていたなら、それでよかったのだ。一緒になれば紫になる。それも単純な紫ではなく、時には赤になったり、赤っぽい紫だったり、真っ青になったり、自在に変化するおもしろい色彩。誰かと一緒に何かを生み出すというのは、そういうおもしろさだなあと、改めて気がついた。

それで、もう一回、最初にもらった脚本を読み返してみた。そこには純粋に、監督が思い描く豊かなストーリーが展開されていた。だけど、そのストーリーをそのまま受け止めようとすると、「ここはどういう意図なんだろう。なぜこのシーンがあるのだろう」と疑問がいくつも湧いてきた。その疑問を作者にぶつけてもいいのだけれど、自分なりに勝手に解釈してみる。もしもこういうことだったなら、最高におもしろいストーリーだなと思えるまで、いろんな筋道を考えてみる。描かれていない、もうひとつの並行するストーリー。どこまでも自分好みの、自分だけに送るストーリー。わあ、おもしろい。布団の中で眠れなくなって、何度も何度も頭の中で描いてみる。

数日後、その妄想の世界を、妻にぼそぼそっと伝えてみた。「わあ、いいんじゃない」。おもしろがってくれたみたいなので、今の話を聞いて思いついた絵をいくつか描いてほしいとお願いしてみる。朝起きると、机の上に、指先ほどの小さな小さな絵が7枚。絵というか色というか。ふふふっ。おもしろい。にんまり朝陽を浴びて、風に吹かれた。

もう自分がやるべきことがわかった。音が頭の中で流れ出したので、それを拾っていく、ただただ、こぼれないように受け止めていく。そのメロディが、いいか悪いか、そういうことはわからないけれど、そのまま監督に送ってみる。「ああ、これですよ。欲しかったのはこれです。このまま進めてください」。ほっ、ようやく、はじまった。

生まれてきた人、それぞれが持ち合わせている「いつもの自分らしさ」、それぞれのきらきらした宝ものの ような眼差し。それが交わったり離れたり、はみ出していったりしながらも、同じ方向に向かって、待ち受ける未来に辿り着く。おかしなことだけれど、こういうふうにふわふわした時間の中で映画の音楽は一歩一歩完成に近づいてゆく。ドキドキしながら。

ほどいては、あみなおして

2018年3月

家には黒猫と白猫がいる。山に引っ越してから、黒猫はほとんどの時間を外で過ごすようになった。見かけるのは、ご飯を食べる数分だけという日もある。

雪の積もった日に足跡を追ってみると、ずいぶんと遠くまで、几帳面な足跡がとこととこと民家の屋根にまで付いていている。「黒猫がこの納屋にぴょいと入っていくなあと、毎朝決まった時間に入っていくなあと、見ておったんです」と100歳のシヅさんが教えてくれたとおり、一日の大半を別の家で暮らしているということもあるようだ。

暖かくなってくると、トカゲ、ネズミ、モグラ、鳥といろんな生き物を持ち帰って、僕たち夫婦が歩きそうなところにわざわざ置いてくれる。「お前ら狩りが下手やから、わいがやっといたさかい」と見えないメッセージが添えられていて、きっと彼なりの優しさなのだろう。

家のぐるりを散歩していると、この黒猫のチェロちゃんと偶然出会う日もある。ごろごろと幸せそうに地面に躰を擦り付けるので、わしゃわしゃ撫でてみると、すたっと立ち上がって「にゃあ〜、こっちに行こう」と言わんばかりに誘ってくる。そのままあとについていくと、やっぱり山の入り口に辿り着いて、「いや、今日は山には入らんよ」と言った矢先に、ひゅんひゅん、ものすごい勢いでまっすぐなヒノキを駆け上っていき、ぱっとほかの木に飛び移って、すたっと華麗に着地してみせた。おお、黒い忍者だ。

やるなあ、頭を撫でると、たたたっと山を駆け上って僕が追いつくのを待っている。「ちょっとだけやで」と再びあとを追うと、うれしそうに駆け回ったり落ち葉の上にごろんと寝転がるのを繰り返している。子どもの頃の犬の散歩を思い出す。

十分に山の中に入った頃、ちょいと休もうと腰を下ろすと、太ももの上に乗っかってきて、しげしげと僕の顔を眺めた。それがなんとも、家では絶対に見せない、不思議な交わりで、ぺろぺ

ろと僕の顔を舐めはじめた。いとおしくなって、ぎゅっと小さな黒い躰を抱え上げ、ぐるり取り囲んでいる樹々を一緒に眺めた。チェロは澄んだ顔をして辺りの音を聞き入っている。ぴたっと一緒に躰をくっつけて耳を澄ましていると、ぶわっと、今まで見ていた景色とは別に、もうひとつの世界が、チェロが毎日気にしている世界が立ち上がってきた。それはさっきまで僕が見ていた世界とはまったく違って、生き物の痕跡がそこら中に色濃く残っているような、ここを鹿や熊が通り過ぎたのはもちろん、朝に鳴いた鳥の歌声がもう音は聞こえないけれど波紋のように空気にやんわりと残っていたり、樹々が放ったよい香りが蛇のようにゆっくり宙を動いている。

チェロは、ひくひく鼻を動かすと、ぱっと飛び降りて、さらに奥の山に入ってしまった。小さくにゃあ～と暗がりから呼んでいるけれど、「ありがとう、よいもん見せてもらって、またあとでな」とひと足先に人の世界に戻る。

◎

日に日に春の暖かさに満ちあふれ、ハマちゃんの元気があふれている。郵便受けを覗いていたら、「よい〝ラブレエータ〟なんぞは入っとらんか?」と笑いながら坂を上って来た。「あんたな、〝ミントソース〟っていうもんは、どないして使うんや。あんたなら知っとるやろ?」「ミントソースなあ。アイスクリームにかけるくらいしか思いつかへんなあ」と妻が答える。そしたらハマちゃん、「〝ミントソース〟やで。やっともらったんや。あんたら、くるくるしたもんにかけるやろ?」と袋を取り出して「ひとつあげよ」「えっ、ハマちゃん、これミートソースやん」。

◎

大工のスエさんが、頼んでいた棚を取り付けに来てくれた。この古い家にはあたらしい建材が似合わなくて、それで倉庫で眠っていたような古い板を整えたり、山に生えている美しく曲がったままの木をうまく取り入れて、僕たち好みのうれしい仕事をしてくれる。いつも仕事が早すぎて、どうやってつくったのか見逃してしまうので、今日こそは横でじっと見つめてみた。スエさん、ぶつぶつ独り言をいいながら、家の柱と床と天井に目をやった。そして、あっという間に柱と柱の間に棒を打ちつけていく。そして、板をそっと載せたら、棚が完成した。ああ、そうか。そうやってスエさんの頭と同じように見てみると、棚という「モノ」にこだわっていないのがよくわかった。それよりも、この場所で一番丈夫で揺るがないものはなんなのか、それを真っ先に見極めて、その力をできるだけ使おうとしているように思える。

スエさんがつくるものは、「こうしてやろう」というつくり手の無理が少ない分、周りの景色にすっと馴染んで昔からそこにあったかのような佇まいだ。スエさんの見る世界は頼もしい。

◎

シヅさんが、ぽかぽか陽当たりのよい部屋で編み物をして元気そうでうれしい。「何を編んでるの？」と尋ねると、「セーターを編んどります」と色とりどり縞々のセーターを見せてくれた。「今の高木さんところに、昔、住んでいた人が蚕を飼っとったんです。それで糸を紡いだり、織りものをやっとったんです。その時に出た糸くずやら毛糸の余りやらを集めて残しとったのを、もういっぺんつなぎ合わせて、セーターにしよるんです。昔に編んだセーターなんかも解《ほど》いて、その毛糸ももういっぺん使っとりますさけ、一色のセーターにはなりません。たくさんの色が並んでおります。解いては、編み直して、解いては、編み直して、やっとるんです。いつまでも終わりません」というので、皆で笑った。

ふわふわしたかたまり

2018年4月

いよいよ何か月も取り掛かっていた映画『未来のミライ』の音楽が完成に向かっている。これから東京のスタジオでオーケストラの演奏者たちが音を奏でてくれるのだけれど、演奏がはじまるとあっという間にすべてが変わるのだろうなと想像している。どれだけ悩みに悩んで、検討に検討を重ねた音符の数々も、実際に演奏されるとあっという間に「その人のもの」になって、あっという間に「あたらしい命」になって飛び立ってゆく。いつも不思議だと思う。

　はじまりは、僕ひとりの頭の中でしか鳴っていなかった音が、楽譜になって、演奏され、録音され、関わる人の数だけいろんな人生が絡み合っ

て、とてもじゃないけれど、こういう音楽になるなんて思いもしなかったと、完成した音楽にいつもびっくりする。

◎

今回はずいぶんと早い時期から参加させてもらっていて、この1年半、頭の片隅でこの映画のことをずっと考えていた。あたらしく挑戦したいこと、できるようになっておきたいこと、勉強したり、手をつけたものがたくさんあって、あたらしい曲もたくさんつくったけれど、いざ映画が完成に近づいてみると、とてもシンプルな響きに落ち着いた。

ひとつの映画に使える曲も限られているので、残念ながら使われない曲も出てきて、でも何か、そういうお蔵入りになった曲こそ、この映画に対する自分の一番素直な気持ちでつくった曲だったりするので、ふわっと自分の心だけが宙に浮いて残されたようで、それが不思議でおもしろい。

◎

「仕事、順調かいな」。すぐ隣といっても、軽く谷を下って上ったところに住んでいる同年代のミッちゃんが家の音楽室を覗きに来た。「う〜ん、そうやね、ひととおり終わったかな。どうしたん」と、休憩がてら土間でお茶を飲む。「そうかあ。映画の音楽っていうのも大変な仕事やな。僕は映画を観るよりも小説を読むのが好きや。自分の想像で、景色が見えたり、登場人物の声も聞こえるやろ。その声がな、映画になった時に思ってたんと違うってなるのは辛いねん。自分で想像してるのが好きや」。そうやなあ、それは僕もそう思うわ。「音楽も鳴っていたりするかい」と聞いたら、「いや、浮かばへんなあ。言われてみたら鳴ってる気もするけどなあ」。

小説を読んでいて、音楽が聞こえてくることは、僕にはない。演奏の描写でもあればなんとなく浮かぶだろうけれど、映画のように音楽が勝手に流れてくることは、まずない。でも、何かふわっと、音楽でもない、色の塊みたいな、響きの塊のような音に満たされることはあったかもしれない。

◎

ハマちゃんが、白内障の手術を受けて街から戻ってきた。「あんたな、何でもハッキリ見えよるで。何にびっくりしたってな、鏡や。こんなシワだらけの顔で、よう平気な顔して、老人会やらにな、ニコニコして行っとったんかと思うてな。恥ずかしい」と、優しい皺がますます増えてきた顔でハマちゃんが笑う。「ほんでな、家のそっこら中、さんこ※なこと。ようあんな汚いとこに平気で住んどったわ。タイルとタイルの間にな、黒いもんが、あんなん見えとらんかったで。見えとらへんかったから、ないのと一緒やったのに、見えてしもたら、どうにかせなならん。そういうこと」。

◎

どの人も、なんとなく何かが見えてしまったから、それをどうにかせなならんのだろうな。その人が見えてしまった、なんとなくふわっとしたものを、どうにかせなならんのだろうな。それが、たまたま、自分だけにしか見えていなかったら、なおさら、どうにかせなならんのだろうな。ううむ、生きるって、仕事って不思議だ。

※兵庫県の方言で、「散らかす、散らかっている」の意。

おひいづ

2018年5月

風が吹きよる。葉が裏返りよる。それやったら、風が、大風が吹くなよぅ。

夏が近づいてきた天気のよい日に、100歳になったシヅさんが縁側にちょこんと座って、どこか遠い空を眺めながら呟いた言葉だった。「かみさまって、なんやろうね」と尋ねたら、そう答えてくれたのだった。

今朝、さくらんぼの木からすっかり実がなくなって、あれだけ鳥たちが来ていたものなあ、賑やかだったなあと、眠気まなこを擦っていると、ゆるやかな風が吹いて、さくらんぼの葉が一斉に裏返った。辺りを見回すと、ケヤキや桃や桜の葉も、気持ちよさそうにふわりと裏返って、シヅさんの言葉が鮮やかに蘇った。前より言葉の意味がよくわかる。風が吹く度に、何かが終わり、何かがはじまる。もうじき、大風が吹く季節がやってきて、そうしたら夏が来る。

◎

最近は、庭いじりが楽しい。庭といっても、どこから山でどこからが庭なのかわからないけれど、いつもだったら草刈り機で一気に刈ってしまっていたのを改め、腰を屈めて草花と同じ目線におりる。来年も増えてほしい草花は残して、増えてほしくない草花は切るか抜いてしまう。そうやって、ぼちぼち進んでいくと、自分好みの植物が残っていくので、ひとつ自分の庭らしくなってきた。

草刈り機というものが発明されて、ほんとうに便利で仕事が早いのだけれど、ついつい、掃除機をかけるように隅から隅まで草花をちょいんちょいんと刈ってしまう。それを今年は、歩くところだけを刈るようにしてみている。振り向いてみると、野原に小川のような路ができていて、歩く癖を刻んでいるような、自分の心や躰を土地に描いているようでおもしろい。

◎

人はなぜ、庭をつくるのだろう。種をまいたり、溝をこしらえたり、川に石を積んだり。自然に手を入れたら、次はあたらしい自然が立ち上がってくるのを待つのみ。これだけのことが最高に楽しい。自分だけで満足して勝手に突き進むのではなく、相手に一歩踏み込んで、相手がどう返してくるか、どう一緒に育っていくのか、混じり合って今までになかったものがこの世に生まれるのが、なにより楽しいと思う。数年がかりで石を見つけては放り込み続けてきた裏庭にある三面コンクリートの小川も、徐々に自然な小川らしくなってきた。緑が生い茂り、カエルやトンボが棲み着き、ついには小魚が泳いでいるのを見かけた日には心が跳びはねた。

この春、山からの水がじわじわ滲み出ている場所を発見した。苔むした、その綺麗な崖に、透き通った水がぴょるるん、ぽるるんと繊細な音を立ててゆっくりふくらんでは落ちてゆく。毎日すぐ側を通り過ぎていたのに気づかなかった。こんな秘密の場所がきちんとあるのだと知っているだけで、これから先、また再び、まだ見ぬ秘密の場所と出合える気がしてくる。

◎

なんだかんだ、夜にずれこんで朝起きるのが遅くなってしまった。朝ご飯を食べていると、あら珍し

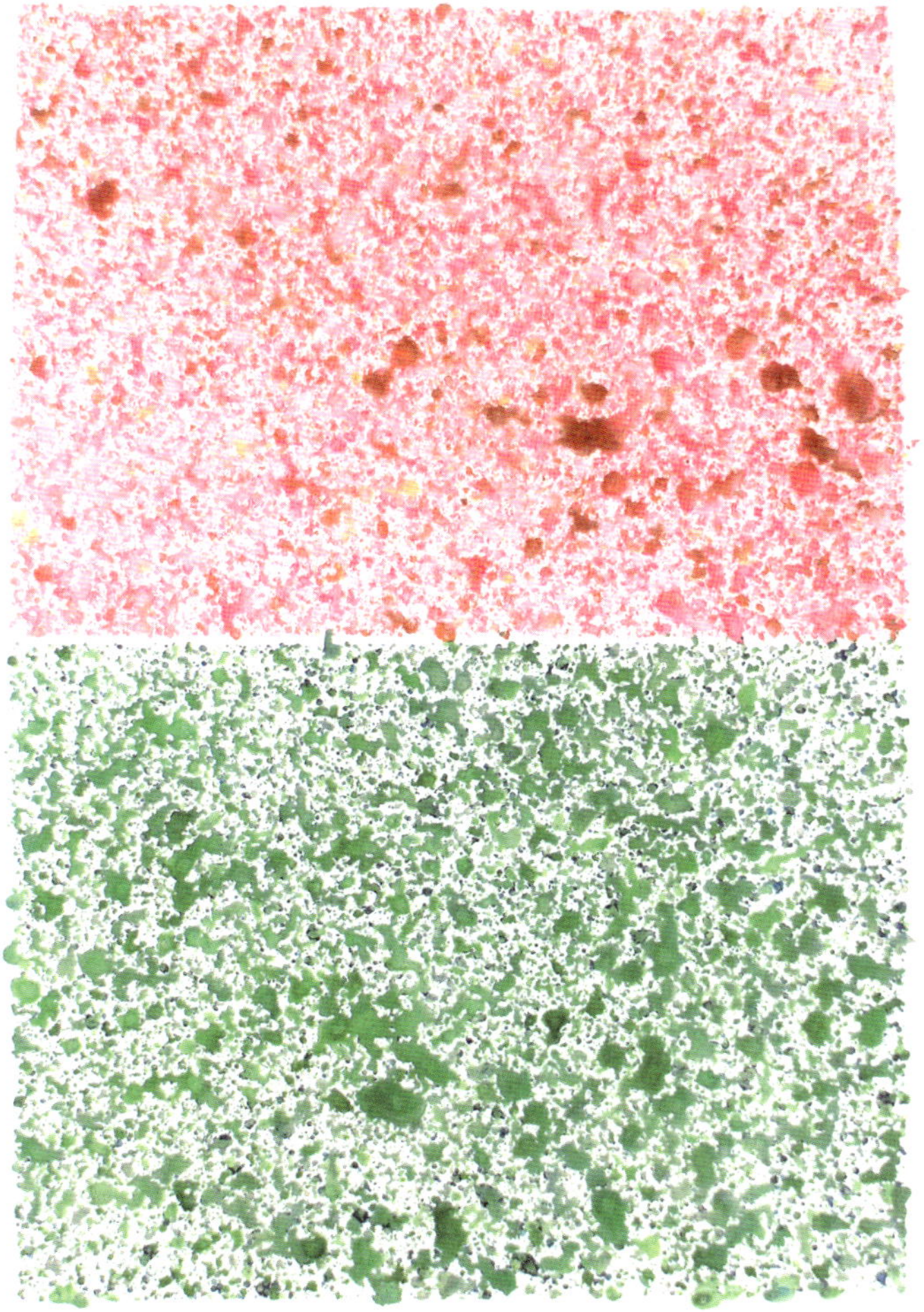

い、ユキさんとマッちゃんさんが少し赤らんだ顔で、「かっちゃん、お昼ご飯一緒にどうかと思ってな。おっ、今時分に、朝ごはんか。昼とは言わん、晩までやってるさかい、いつでも来とおくれよ」とうれしそうな顔で公民館に戻っていった。

少し遅れて、妻と二人、一升瓶片手に、ガラガラッと戸を引いてみると、80歳を超えたユキさんとマッちゃんさんが小さな机を出して飲み交わしている。「あれ、もう何時間も二人だけでやっとんたんかいな。何を話してたん」と聞くと、「あのなあ、昔の話や。昔の話をしとったんや。よう来とくれた」とお酒を飲み交わした。

「かっちゃん、あんたらの出会いを聞かせとおくれ。まだ一度も聞いてなかったな。どうやって一緒になったんや」。妻との出会いの話は、僕が人生で辛かった時期の話でもあるので、傷がうずく。ユキさんが真剣な顔になった。「そうかあ、そんなことがあったんやな。大変なことがあったんやな。僕はなあ、今日、はじめて、この子どもの時分からの大親友のマッちゃんにも言うとらんぞ。そんなことをあんたに話しとおなった」と突然、ユキさんが若かった頃の、とても複雑な心の話をゆっくりと聞かせてくれた。「荒れとった若い頃を思い出すと、やらなあかんと思ってな。しんどいことでもいろいろやってしまう。青春は荒れてしまったけれど、今のわしをつくったんも、あの頃のお陰や」。

ユキさんの手は、ごつごつとたくましくて、でもきっと使い過ぎたんだろう、いつも少し内側に曲がっていて、「ありがとう」と笑顔でお礼を言ってくれる時に手を合わせてくれるのだけれど、ぴたっと手のひらがくっつかずに、種のような形になる。誰にも内緒で、村の玄関口の草刈りをやってくれて、遠くから村に帰って来たら、いつも綺麗で、「ただいま」とほっとした気持ちになる。

あらゆる

２０１８年６月

朝だ朝だ。山に向かってうんんと背伸びしていると、ひょろろろろろ、高い音から低い音まで見事に下降してゆく美しい歌が聞こえる。どんな鳥が鳴いているのだろう。姿が見えなくて、音だけ聞こえてくるのがよい。

この歌声にピアノを合わせるなら、どんな曲がうまれるかな、急いで部屋に戻って窓を開けて電源を入れて録音ボタンを押して、よし1分とかかってないぞと思ったら、こういう時に限って鳥は歌うのをやめてしまう。夕方にも歌っていたので再び試してみたけれど、録音ボタンを押したら静まってしまった。まだまだ10年早いんだろう。諦めて、ゆったりと素晴らしい歌声に耳を澄ましてみる。

◎

なんでも物は試しで、今年は草刈りを積極的にやらないことにした。いよいよ夏が近づいて、そこら中、草がぼうぼう茂ってえらいことになってしまったけれど、今まで気づかなかった草花や生き物たちにたくさん出合えている。

わざと刈らずに残しておいた箇所が、海に浮かぶ島のように育ったり、ぽこぽこと小山になって、向こう側に何があるのか近づいてみないとわからないようになった。このあたらしい景色はワクワクする。危険な生き物がいるかもしれないので用心が必要だし、歩く速度も落ちるけれど、覗く度にあたらしい出合いがある。

ほんとうは、目の前に広がるこの草、草、草。すべて雑草なのだと割り切ってスッキリ、すぱすぱと刈り取ったほうが、安全だし、見通しがいいし、広いし、気持ちがいい。躰は疲れるけれど、全部刈り取ってしまうほうが頭が楽だ。いちいち、この草は大きくなったらどんな姿になるのだろうか、この花が種になって増えたなら来年どんな景色になるのだろうか、などと考えていたら、草刈りは全然終わらない。どれを刈って、どれを残して、なんてやっていると時間がいくらあっても足りない。

えいや、面倒だ、全部刈ってしまえと、これまではなったのに、なんだか今年は、草刈りなど終わらなくていいじゃないかと、不思議と力が抜けるようになってきた。ひとつひとつの草花の、毎日違う美しさがあって、すごいなあと、今日も少しだけ違うなあと、ただ愛でたくなる。

◎

数日後にコンサートを控えているので、最近は毎日ピアノの練習をしている。この1年間、家でこつこつと録《と》りためていた「Marginalia」という曲たちを舞台で演奏してみようと思っている。

それぞれの季節で、窓を開けたら入ってくる音に合わせて、思いつきで演奏した曲たち。改めて同じように弾こうとすると、これがとても難しい。なんとなく覚えているがままに弾いてみると、ずいぶんと単純化された演奏になってしまっている。例えば、ドレミというメロディがあったとして、今弾くと、「ドレミ、ドレミ、ドレミ」、何度やっても正解だけを弾いてしまう。

思いついた時の録音を聴き返してみると、「ド～レミ、ドレ～ミ、ドッレミ」、同じドレミでもあらゆるパターンを弾いている。一音一音はじめての出合いをとても用心しながら、あらゆる交わり方を楽しんでいるように聴こえる。どこに辿り着くのかわからない、ただそのことを楽しんでいるように聴こえる。草刈りと一緒だなと思う。

◎

いつも、ここに立ち返っているような気がする。脳は、ラクをしようとする。冷水と熱湯があったら、ちょうどいい湯加減に落ち着こうとする。安全で、安心で、何も考えなくていいところに落ち着こうとする。そこをぐっとこらえて、冷水と熱湯をただ行ったり来たりするような、あらゆる温度の水を楽しむような、そんな心でありたい。

誰にも知られなくていい、ずっと自分の一番素直な中心から、それと同時に一番遠く自分から離れた宇宙の果てに、その間のどんな時空でもいいとおしいような、そんな心でありたい。

昨日の夜、庭の小川を覗いてみたら、蛍がたくさんふわふわと暗闇を泳いでいた。たくさんの光が一斉にゆったりと瞬いて、大きな呼吸をしているみたいだった。

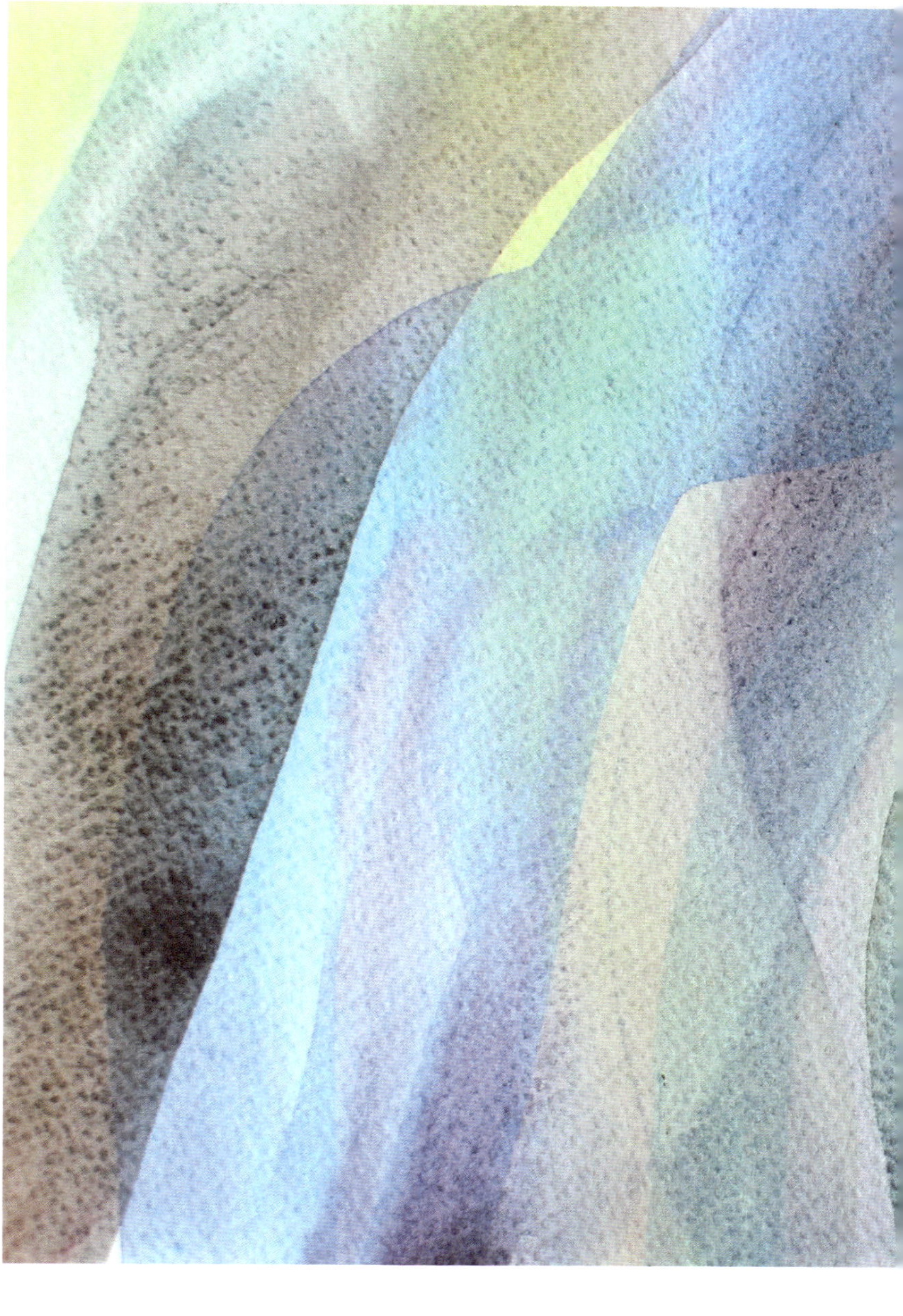

「めぐみ」

作詞　高木正勝・たかぎみかを
作曲　高木正勝

春

こぶし
うぐいす
梅
さくらんぼの花
山つつじ
峠の桜

あ〜
花びら　風に乗せ
わしの心が　はちきれる

みみず
土のにおい
さわがに
おたまじゃくし
ぶと
とかげ
くまんばち
しまへび

あ〜
いのちが　やってきた
大風　吹いてきた

めぐみ（春）

3
こぶし　〜　うぐいす　〜　うめ〜　さくらんぼのは　な〜 やまつつ　じ〜 とおげの
さくらぁ〜 ああ　はなびらかぜにの　せ　わしのこころが　はちきれ
る〜　みみず〜　つちのにお　い〜　さわがに〜
おたま〜じゃくし　ぶと〜 とかげ　くまんばち　しまへび〜 あ〜　いのちがやあてき
た　おおかぜふいてき　た〜

夏

雨
小雨　大雨
虹
かたつむり
田んぼに映える空
かえるのうた
ほたる

あ〜
ハマちゃん　傘さして
あじさいの顔が　揺れていた

せみ
ひぐらし
川遊び
入道雲
草刈りの汗
すいか

あ〜
みんなで水　背負って
お掃除に　あがるよ
あなたに　誘われて
よっこらしょと　行くよ

めぐみ（夏）

あめ〜 こさめ おお あめ にじ
かた〜つむ り たんぼにはえ るそら ほた る ほたる あ〜 ハマちゃん かささし て
あじさいのはなが ゆれてい た〜 せみ〜 ひぐらし
〜 かわあそび にゅうどうぐも 〜 くさかりのあ せ すい か〜 あ〜 みんなでみずしょおっ
て おそうじにあがる よ あなたにさそわれ て よっこらしょとゆく
よ〜

秋

高い空
祭
真っ赤な夕陽
稲穂の海
ススキのうた
カキ　栗
たぬき　いのしし　猿

あ〜
みなみな　熟されて
私も真っ赤っか
あなたも　真っ赤っか

〈きみが　めぐみは　ありがたき〉

めぐみ（秋）

たかいそら〜 まつり〜 まっかなゆうひ〜
いなほのうみ〜 すすきのうた かきくりたぬき いのししさる あ〜 みなみなじゅくされ
て わたしもまあかっ か あなたもまあかっ か〜

冬

白い
白い息　雪
かじかむ手足
秘かに眠る　山々

あ〜
みんなで　縄なって
お蜜柑も　つけるよ
明日は　雲晴れて
雪どけ　みんなで笑ったよ

めぐみ（冬）

しろい ～ しろい いき～ ゆき～ かじかむ
てあし ひそかに ねむる～ やま やま～ あ～ みんなでなわなって おみかん もつける
よ あしたは くもはれて ゆきどけみんなで わらった よ～

おわりに

「はじめに」にも書きましたが、この本を一番喜んでいるのは僕だと思います。今、全部読み終えて、この6年を鮮やかに取り戻せました。

毎日がほんとうに、二度とやってこない日々の連なりです。巡る季節を何度も味わいましたが、同じ春は二度と来ず、同じ冬もありませんでした。

たくさん実がなって、なんでもかんでも大収穫だったかと思えば、毎年の満開を楽しみにしていた黄色い山吹は花を咲かせるどころか丸ごと枯れてしまいました。生えてくる草花も移ろっていきます。立ち寄らなかった場所は、ツンツンした草やトゲトゲしい茎で覆われましたが、よく歩いた道には柔らかい草が生えて。水の流れもあっちに行ったりこっちに来たり。この集落に住む人たちも、引っ越していかれたり、亡くなられたり、またあたらしく赤ちゃんがやってきたり。

人も動物も植物も、水も空気も、去年と同じ繰り返しだったことはありません。自然がそのようなので、この6年で僕も大いに変わっただろうと感じていましたが、変わっていったというより、いろいろと忘れてしまっていただけなのだと気づきました。久しぶりに降った雨のように、忘れていた日々がどっと躰に染み入りました。

2012年の春、月刊誌『ソトコト』の編集者・井口桂介さんから「文章を書いてみませんか」とお誘いがありました。それまでにも他誌にて数年間、毎月文章を書いていた経験があったので、今回も書けるだろうと受けてみたのですが、最初の1年は悩みました。どんな方が、どんな気持ちで読んでくれるのか想像できませんでした。

井口さんからは『こといづ』という素敵なタイトルをいただいて、「コトが出づる」というのですから、子どもの頃の話や、作品はどうやってうまれてくるのかなど、原初的な何かに触れるような話を書いてみようとしましたが、どうにも発展しません。それで妻に相談してみました。「ちょっとお願いがあるんやけれど、挿絵を描いてもらえへんかな。それやったら気負わずに毎日の暮らしのままで書けそうな気がする」。

その日から、僕が文章を書き、妻が絵を描くという、そんな特別な日が毎月訪れるようになりました。

遠い何かを書こうとせずに、その月に起こったことを素直に書き留めよう。締め切り日が近づいてくると、「今月何があったっけ?」とご飯を食べながら話したりして、書けそうな話題が3つくらい見つかると、パソコンに向かってカタカタと文字を打ち込んでいきました。

ひとつの文章でだいたい二千文字と頼まれていましたが、なるほど、二千文字というのは不思議な長さで、ちょっと勢いがついてこないと書けない量です。調子に乗って、世界に入り込まないと辿り着けません。終わりに差しかかると、自分でも思いも寄らない文章がぽっと出てきて、ああ、書けてよかった、読めてよかったと終わることができました。

『こといづ』というタイトルは、ことが出づるまで書いてみなさいと、そういうことだったのかなと今は思っています。

2016年の春、49回目の「はなみち」を最後に井口さんが退社され、代わって坪根育美さんが担当してくださるようになりました。毎月、締め切りギリギリに届く原稿を整理するのは大変だったと思います。

僕は原稿をメールで送る時、長い文章を書き終えたばかりでほかに言葉が出てこないのもあって「遅くなってしまいました。原稿になります」と短い文章を添えるだけでしたが、妻と坪根さんはその時々の近況をわいわいと書き合っていて、そのやり取りを楽しく眺めるのが僕にとってもうひとつの『こといづ』になっていました。

「書籍化に向けて動きたいと思います」と坪根さんから連絡を受けて、どんな本になるのだろうと想像を巡らせていましたが、「坪根さんの欲しい本をつくってください」とお願いしました。これだけ真剣に付き合ってくださったのですから、彼女が思い描く本を開いてみたいと願いました。

素敵な装丁は星野哲也さん、企画販促は早野隼さんが担当してくださいました。一冊の本を世に生み出そうと力を出してくださって、ここに実現できました。

おめでとうございます。ありがとうございます。

井口さん、ありがとう。みかをちゃん、ありがとう。

手に取ってくださって、ありがとうございます。

村の人たちに、山々に、この本を捧げます。
あなたがたの美しい日々に。

ありがとう　ありがとう

２０１８年８月９日　19時44分　　高木正勝

本書は、月刊『ソトコト』２０１２年５月号〜２０１８年８月号（木楽舎刊）に掲載された記事をもとに加筆・修正したものです。

高木正勝

たかぎ・まさかつ　音楽家／映像作家。1979年生まれ、京都府出身、兵庫県在住。長く親しんでいるピアノで奏でた音楽、世界を旅しながら撮影した〝動く絵画〟のような映像、両方を手掛ける。細田守監督作『おおかみこどもの雨と雪』『バケモノの子』『未来のミライ』の映画音楽をはじめ、CM音楽などコラボレーションも多数。

こといづ

発行日　二〇一八年十一月三十日　第一刷発行
　　　　二〇二一年五月二十一日　第三刷発行

著　者　高木正勝

発行者　小黒一三

発行所　株式会社木楽舎
　　　　〒一〇四-〇〇四四　東京都中央区明石町十一-十五
　　　　ミキジ明石町ビル六階
　　　　電話　〇三-三五二四-九五七二
　　　　http://kirakusha.com

印刷・製本　シナノ印刷株式会社

ISBN978-4-86324-129-9

絵 ———— たかぎみかを
デザイン ———— 星野哲也
編集 ———— 坪根育美